外国名作家文集 沃尔特·惠特曼卷

酒鬼人生

Franklin Evans, or The Inebriate: A Tale of the Times

[美] 沃尔特·惠特曼／著
彭金玲／译
Walt Whitman

漓江出版社
·桂林·

图书在版编目 (CIP) 数据

酒鬼人生 / (美) 沃尔特・惠特曼著；彭金玲译 .--
桂林：漓江出版社，2023.1

ISBN 978-7-5407-9266-4

Ⅰ . ①酒… Ⅱ . ①沃…②彭… Ⅲ . ①长篇小说—美国—现代 Ⅳ . ① I712.45

中国版本图书馆 CIP 数据核字（2022）第 113513 号

JIUGUI RENSHENG

酒鬼人生

[美] 沃尔特・惠特曼 著

彭金玲 译

出版人：刘迪才

策划编辑：沈东子 谢青芸

责任编辑：谢青芸

书籍设计：石绍康

责任监印：张璐

出版发行：漓江出版社有限公司

社址：广西桂林市南环路 22 号 邮编：541002

发行电话：010-65699511 0773-2583322

传真：010-85891290 0773-2582200

邮购热线：0773-2582200

网址：www.lijiangbooks.com

微信公众号：lijiangpress

印制：北京中科印刷有限公司

[北京市通州区宋庄工业区 1 号楼 101 号 邮编：101118]

开本：880 mm × 1230 mm 1/32

印张：5.375 字数：120 千字

版次：2023 年 1 月第 1 版 印次：2023 年 1 月第 1 次印刷

书号：ISBN 978-7-5407-9266-4

定价：40.00 元

沃尔特·惠特曼

（1819—1892，诗人、记者和散文家，被誉为“美国现代诗歌之父”）

WALT WHITMAN
FRANKLIN EVANS
or
THE INEBRIATE
A Tale of the Times
EDITED BY CHRISTOPHER CASTIGLIA
AND GLENN HENDLER

《酒鬼人生》英文原版封面

译者序

彭金玲

惠特曼是十九世纪美国著名诗人，因其自由体诗歌《草叶集》闻名于世。世人只知惠特曼是大诗人，却不知他在成名之前还创作过小说。

1842 年 11 月，惠特曼在报纸《新世界》特辑上发表《酒鬼人生》，这是他创作的首部中长篇小说。该书讲述了乡下年轻小伙子埃文斯的故事。埃文斯来到灯红酒绿的大都市纽约闯荡，后染上酒瘾，过着醉生梦死的浪荡生活，经历了由醉酒带来的一系列痛苦后，他不断更新与醒悟，在醉酒与戒酒的反复斗争中彻底与酒断绝关系，最终实现救赎。

1842 年 12 月 1 日，《纽约太阳报》发表了一篇评论文章："最近出版的小说《酒鬼人生》描写了一个乡下年轻人来纽约闯荡的故事。每个年轻人，不管是城里的还是乡下的，都应该好好读读这本书，并从中得到一点警醒。富兰克林 · 埃文斯差点走向灭亡之路，因为他软弱、女人气的欲望，想模仿城里人的习惯和举止。在现实生活中，这样的倾向比比皆是！在乡下长大的那些正直聪慧的男男女女，与漫步百老汇大街的那些人相比，在品德、举止、教养方面低人一等。面对纽约人的温文尔雅，他们感到自惭形秽，因为前者有华服，厚颜无耻，自命不凡！来到城里的年轻人被千万种危险包围。”由于这段评论与小说中惠特曼的阐述高度一致，评论员很有可能是惠特曼本人。从这段评论中可知，该小说的主要目的在于规劝当时闯荡大都市的年轻人警醒并远离饮酒等罪恶的引诱，这是当时非常流行的一种小说样式。

小说家沈东子认为：“小说带有强烈的自传性质，是惠特曼对自己早期人生的回顾与反思……小说中的酒鬼埃文斯，就是惠特曼自己，其他角色也都有现实生活中的原型。”小说主人公富兰克林·埃文斯的父亲是木匠、出生地是长岛乡村、11 岁当学徒、19 岁去城市闯天下等，与惠特曼的生平非常一致。因此，至少可以说，这部小说中带有一些自传元素。主人公埃文斯的放纵堕落与自我救赎，反映了惠特曼早期思想中对于“罪”与“救赎”这一时代主题的基本态度。正因如此，这部小说对于研究惠特曼早期思想具有重要意义。

此外，该小说还深刻地反映了十九世纪中叶美国社会的诸多现实情况，如城市化的飞速发展、工业化进程加快、奴隶制废除问题、禁酒运动、社会改良运动等，这些都有利于我们认识那个时代美国社会的真实面目。

由于城市化和工业化的飞速发展，十九世纪上半叶，在美国的许多城市，酒吧林立，酒吧成为社会各阶层聚会的重要场所。在工人阶级中，嗜酒之风愈演愈烈，带来了一系列社会问题。面对这种社会弊病，一些有良知的社会改革家发起禁酒运动，而后逐渐演变为一场声势浩大的社会改良运动。

这种社会大变革的历史背景极大地推动了禁酒文学的发展。目光敏锐的惠特曼也注意到了社会的变革，其小说深刻地反映了所处的时代与环境。正如李野光先生所指出，惠特曼“十分重视文艺的社会职能，从社会需要出发，站在自己为社会尽责的立场上来从事文学创作”。

小说中刻画了许多酒鬼的形象，这些酒鬼的结局大都以悲剧告终。整本小说中有三个曾经沾染酒瘾，最终彻底悔改戒酒的人——主人公埃文斯、马尔基翁先生、车夫。结合时代背景和惠特曼的思想来看，小说中的醉酒正是罪的象征，那些陷在醉酒中的人所得的则是应有的惩罚——“罪的工价乃是死”，而那些与醉酒彻底断绝的人所得到的是幸福的人生。

埃文斯因醉酒犯罪和被救赎的历程是贯穿小说始终的一条主线。小说第三章讲述了埃文斯第一次受到朋友科尔比的引诱去到酒馆，随后醉酒的经历，这是埃文斯人生中的第一个转折点，因酒而坠入罪恶。多年后，埃文斯犯下一系列大错，极为懊悔和遗憾，他感慨道：“我将自己人性当中的一切弱点，以及降临在我生命中的各种灾难追溯到科尔比拉我去酒吧的第一个致命的夜晚。在灯红酒绿之中，我堕落之路的第一步由此开始。”正应了《圣经·箴言》所说：“酒发红，在杯中闪烁，你不可观看，虽然下咽舒畅，终久是咬你如蛇，刺你如毒蛇。”

此后，主人公不断挣扎，又不断反复，陷入醉酒的罪恶中无法自拔。第八章中，埃文斯酒后误事，尽管意识到自己做错事，但“酗酒带来暴躁易怒的脾性，使得我在和李先生交谈时试图为自己的行为辩解。我言辞激烈，傲慢无礼……”随后，他被恩人李先生辞退，流落街头。这是埃文斯人生中的第二个转折点，因酒与恩人李先生反目成仇。惠特曼借埃文斯之口说出了醉酒者的心声，“放纵的恶魔已经掌控了我们全部的感官，我们都成了他的俘虏”。

随后，颇受命运眷顾的埃文斯偶遇天真的少女玛丽，并与她结为佳偶，过上了一段幸福的时光。然而，埃文斯因贪心导致投资失败，他终日借酒消愁，令爱妻日日哀伤。玛丽无法忍受愈来愈多的重担、羞辱和苦楚，含恨离世。此后，埃文斯逃离都市，跑去乡村生活，他想去到陌生人中间缓解伤痛，开始新的生活。这是他人生中的第三个转折点。然而，他却依然没有逃离醉酒的辖制。“尽管我并不像之前喝得那样放肆，但我绝非滴酒不沾。”醉酒的恶习不因他空间位置的改变而远离他。

后来，埃文斯在乡下受到酒店老板的蒙骗，损失了几乎所有家财，他重返纽约，漫无目的，闲逛到酒吧附近，酒瘾复发。他在饥寒交迫中乞讨，流落街头，浑浑噩噩度日，最终与犯罪分子为伍，因参与行窃被抓进监狱，幸蒙恩人马尔基翁夫妇搭救获释。这是埃文斯酒鬼人生中的又一个转折点。

史蒂芬·李和马尔基翁夫妇是埃文斯的恩人，也是人生导师。李先生更多从物质上对埃文斯给予支持，而马尔基翁夫妇则是从精神上引导埃文斯。正是在结识马尔基翁夫妇后，埃文斯逐渐开始真正的戒酒历程。在第十五章，埃文斯签署禁酒宣言，开始了渐进式戒酒尝试。“不用说，在他们的努力之下，我改过自新做的第一件事就是签署禁酒宣言。那时候的禁酒宣言被称作旧宣言，仅仅禁止人们饮用最烈性的酒，而当人们喝葡萄酒、啤酒等其他酒时，就算喝到烂醉如泥也没事。”

然而，这种局部戒酒并没有起到很好的作用。埃文斯在做生意途中偶遇种植园主伯恩，与其结为好友。他在伯恩的庄园日夜饮酒，醉酒后娶了女奴玛格丽特，第二天清醒后却后悔不迭。他厌弃玛格丽特，后移情别恋寡妇康韦夫人。瘟疫爆发后，被弃绝的女奴在嫉妒心的催动下设计谋杀了情敌康韦夫人，也因此牺牲了自己最爱的弟弟。事发后玛格丽特被关押起来，随后自杀。可以说，两个女人的死最终应当归结于埃文斯酒后乱性的错误决定，因醉酒之后一时冲动娶了一个并不爱的女奴，引发了一系列祸患。

在小说的结尾，埃文斯再次返回纽约。他收到了李先生的来信，当他去看望即将离世的李先生时，后者决定将所有的财产赠与他。最终，通过和马尔基翁夫人的交流，埃文斯彻底认识到局部或渐进的禁酒是无效的，只有彻底完全地与醉酒脱离关系，才能得到自由。

马尔基翁夫人对埃文斯说：“人们现在不再满足于仅仅戒除烈酒，而是戒除所有的酒。我近段时间反复思考此事，我认为完全戒酒确实是唯一安全的出路。”埃文斯如此回答：“您的话说得太有道理了，您自己可能都想不到。我曾经试过旧的戒酒令，凭良心说，从我签字那天起，我也曾遵守过一段时间。然而，要是我告诉你自那以后发生在我身上的所有惨状，这些事追根究底都和酗酒有关，您肯定会震惊不已！滴酒不沾确确实实是唯一安全的出路。我从今晚就要开始施行。”于是，埃文斯在第二天太阳升起之前，签下了承诺：“与自己签订的神圣契约，自那以后从未违反，在上天的庇护下，在我有生之年绝不违反这一契约。”

完全戒酒、滴酒不沾是唯一安全的出路，表明人只有与“罪”彻底断绝才能获得自由，得到救赎。主人公埃文斯最终以彻底悔改的态度和敬畏之心，与自己签订神圣契约，成为他得蒙救赎，脱离醉酒和罪辖制的起点。

总之，惠特曼的这部小说是在美国宗教复兴运动和社会改良运动背景中产生的一部非常有社会影响的小说。醉酒寓意了罪，小说借“戒酒”这一主题，阐述了受罪捆绑之人如何通过努力，获得救赎走向自由的心路历程。

二十世纪八十年代，李野光先生补译了《草叶集》，后在漓江出版社出版了《惠特曼研究》。作为同乡晚辈，今天，我能够翻译惠特曼的这本小说并经由漓江出版社出版，实属荣幸。在此，我要衷心感谢漓江出版社的沈东子先生以及法语翻译家金龙格老师，正是因着他们的热情推荐，我才有机会翻译此书。虽然我也曾翻译过一些书，但翻译这本小说时，我总是感到战战兢兢，生怕自己的译笔对不住大诗人的才华。

我真诚地希望阅读此书的朋友能够从惠特曼笔下的这个故事中获得启迪！

2022 年 10 月 10 日

目录

引 子

读者诸君，我要向各位讲述的故事，将会和小说家平常的套路有所不同。这个故事不会充满深刻的反思或煽情的言论。然而，这个故事的道德寓意会随着情节的展开娓娓道来，我敢保证这个故事寓意颇丰，将会深深触动那些读过它的人，对此我有点自鸣得意。

不管这是一个怎样曲折传奇的故事——我把这个故事留待给任何人评说，他们在每日的茶余饭后听说过许多关于酒鬼的故事，那些故事中的情节听上去不可思议，在现实生活中根本找不到模本。如果住在城里的你和邻居走出去看一看，观察一下身边发生的事，你会发现许多不可思议的事情。事实上，接下来的章节是一个年轻人的所见所闻，这个乡下来的年轻小伙来到灯红酒绿的大都市闯荡，却过上了饮酒放纵的浪荡生活。这是一个简单的故事，但是最伟大的道理往往平白易懂，连小孩子一看都明白。也许，我将要描绘的故事会有益处，那些受过教育的男男女女会发现他们读故事的时间没有白费。

我要请你相信，你接下来要读到的并非一部小说。比起我的想象，我要讲述的事情有坚实的存在基础。那些读到这个故事的人，将会想起曾经听说过的事情，或是自己曾经做过的事情，他们知道这些事情都是真实的。

我能否希望笔下的这个故事对人们有益呢？我怀抱这样的希望。

这个故事以你现在看到的廉价的、流行的方式发行，被传播到这个辽阔国度的各个角落。其出版商拥有的便利使得他能够比美国任何一家同类机构更广泛地传播该故事。深厚的舆论基础如同承载着大船的潮水，也欢迎对禁酒运动有利的作品。尽管作者希望这部作品写作的对象是大众，但并不影响它也旨在赢得更挑剔的读者的赞许；此外，该作品是该类文学作品的先锋——我充满自信，以上种种将使得这部作品有更多的阅读量。

对于年轻人而言，还有什么更有价值呢？这个故事教导人们不喝酒，这是每位父母日日夜夜为孩子祷告、希望驻扎在他们孩子品格中的美德。这个故事反对酗酒，在这一恶魔可怕的进攻面前，许多人已经被摧毁。我要提醒那些信奉关于禁酒的有益教导的人，早期那些虔诚的教师如何使用寓言故事作为合适的工具，通过这些工具向普罗大众传达他们所宣扬的那个系统之美。同样，若你想对某人施加影响，让他戒酒，没有什么比让他读这类故事更好的方式了。

通常，当作者准备向公众呈现作品之时，他们要请求读者容忍作品中的不足之处。评论家将在接下来的篇章中看到这部作品的不足，对此我很清楚。然而，我的书不是写给评论家看的，而是写给普通读者的。虽然我认为最好让读者去评判我是否在这部作品上取得成功，我还是忍不住插一句，我对于正向的评论结果非常有信心。

最后，我可不可以如此憧憬，那些购买此书的人不单单让作者和出版商获取利润，更重要的是他们确实受到此书的影响？不论传到我们头脑中的观点是怎样的，我们都怀抱强烈的愿望，希望本书的道理能够生根，发芽，结出好果子。不论是对老年人还是年轻人，再怎么强调节俭、克制、禁酒的生活方式也不为过。对于年轻人而言，他们未来还有漫长的年月，对于老年人而言，他们要为死亡做预备。尽管正如前面所言，作者竭力避免通过干巴巴和抽象的说教强行将道德寓意灌输到读者心中，而是倾向于采用更为愉快和有益的方式，让读者自己从中领悟——希望时下在各地兴起的轰轰烈烈的禁酒运动能从这个“时代的故事”中获得帮助。

酒鬼人生

第一章

树冠在阳光中闪耀，

离去兮！这一次我的旅程即将展开。

——R.H. 达纳[①]

19 世纪 30 年代，一个阳光明媚的清秋早晨，在长岛的一处收费公路边，一辆乡村马车停在一间乡村酒馆前，马儿拴在马车前。对于那些收入低微、满足于乡村马车粗糙设施的人而言，乡村马车也承担了驿站马车的职责。由于诸位读者可能对准确的地点感到有点困惑，我需要插上一句，长岛是纽约州的一部分，延伸至大西洋，就在纽约城这个大都会的东南边。这个岛屿最东面的郡县有着许多美丽的小镇和乡村，那里土壤肥沃，那里的居民尽管并不通晓城里的生活，却非常聪慧能干、热情好客。正是在这个最靠近大海的东部郡县，一条大道延伸开去，刚才提到的那辆马车即将奔驰其上。此时，车夫正在酒馆里饮酒。

正当病恹恹、红鼻子的老板在数点要找多少零钱给拿一美元买白兰地的顾客时，一个陌生人出场了。这是一个身体健硕的年轻人，

① R.H. 达纳，十九世纪美国知名律师、作家。——译注

二十来岁，他手里拿着一个老旧的黑色提箱，一件粗糙的外衣搭在手臂上。年轻人跃入眼帘的那一刻，站在车外的车老板凭多年走南闯北的经验判断，这个年轻人很有可能要搭一程他的车。这个年轻人沿着大道旁一条狭窄的小路行走，步伐轻快。当他朝酒馆走来时，那些看到他的人注意到他正在把什么东西往眼睛旁边抹去——好像是泪珠。他手里拎着的提箱上缝着一张小卡片，上面写着“富兰克林·埃文斯”。

读者诸君，我就是那个年轻人，上面提到的名字正是你们此刻将要读到的故事的主人公的名字。如果这个故事足够有趣，一路吸引你读到结尾，我将不胜荣幸！

“弗兰克，是你呀！”老板娘此时从旁边的一间屋子出来，朝我打招呼。“你这不是刚从村里过来吗？你叔叔一家还好吗？你也拿着行李！看来，你真的要离开我们啦！”

“我要去纽约。”这是我对这个唠唠叨叨的娘们的简短回答，我拉开老式的半截门，进到屋内，把提箱放在一张椅子上，外套就搭在提箱上。

好心的老板娘还想进一步探究，却因我把车夫叫到马车旁而打断，我和车夫说好要坐车，并和他商谈我乘车的价钱。这些很快就谈妥了，我那少得可怜的行李被安全地放到了车厢后面几筐装羊肉的箱子顶上。

“过来，年轻人。”羊肉箱子的主人说，“到我这来，上路前先喝上一杯。天气太冷，我们需要喝点东西暖暖身子。”

我既不太情愿喝酒，也不想拒绝。于是我走过去，两人都喝了一点酒——这种液体对社会的危害比其他任何恶性事物加起来的危害都要大。

酒馆老板和他的家人是我的老熟人，多年来我们同住在一个村子里。因此，我拒绝了老板和老板娘好心打探这趟行程的目的，只因我正和自己怄气。早在老板开酒馆前，我就认识他，知道他是个正派人。尽管那时我年纪小，我清楚地记得，那时他的眼睛还没有黯淡无神，他的脸颊透着自然的红润，他还不是衰弱多病的样子，而现在他整个人是一副蔫蔫的模样。十年前，他还是一个健壮、精力充沛的农夫，一群孩子在他身边茁壮成长，这一切都预示着幸福快乐的生活，预示着他有能力带领一大家子过上受人尊敬的生活。不幸的是，他染上了酒瘾。年复一年，他变得愈来愈穷，诸事不顺。他把一切归结于坏运气，归结于风不调，雨不顺，庄稼长不好。但是邻居们的日子还是和从前一样，并未受到厄运和坏天气的影响，从前，农夫的运气也和其他人一样好。真相是，一家之主的酗酒恶习好似一股邪恶势力——一大片笼罩家中的阴云，并把阴霾投射到家里的各个方面，毁坏了家中的安宁，与此同时，阻挡了家里每个人一切翻身的机会。

因此，随着情况愈来愈糟，我这位倒霉的朋友缩减了农场的经营，把住处改造成一间乡村酒馆。可怜的家伙！他是自家生意最忠实的顾客。依靠新生意，他惨淡经营，勉强度日，但是昔日那其乐融融的气氛永远地消逝了。往日里，劳累一天的他傍晚归家，把尚在襁褓中的孩子搂在怀里，逗得孩子咯咯直笑，如今，那些欢声笑语再也听不到了。还有那温馨舒适的冬日炉火——一家人围坐在宽大的壁炉边取暖，任凭窗外风吹雨打——那样的场景哪去啦？哎！尽管壁炉还立在原位，幸福的大家庭团聚早已不在！许多个夜晚，当我还是小孩子的时候，我都会偷偷从自己家溜到农夫家，享受炉火旁暖融融、喜洋洋、热热闹闹的气氛。但如今，就像一座偶像被拆毁、被遗忘的祭坛，炉火边不再有欢笑，也不再是给年轻的心带去欢乐的地方。烟熏火缭，再加上白兰地和杜松子酒的浓烈气味，这里被弄得乌烟瘴气，熊熊燃烧的炉火映照着酒鬼们那一张张苍白、肿胀的脸！

农夫的儿子们纷纷逃离他，去更加温馨惬意的天地谋求生计。酗酒是满腹牢骚、争吵不断、苛刻无情的元凶。每一天都带来新的怨愤和争执。有时，父亲不可理喻，对孩子提出无理的要求；有时，孩子忘记了对父亲应有的尊敬，因为不管为人父母的犯了什么样的错，不知感恩的孩子都没有任何借口，对父母的不顺服比毒蛇的牙齿更加尖利[①]。因此，长大成人的孩子纷纷离开父家，与父亲几乎形同陌路。

我插入了一段往事，让我回到当下的故事。一上马车，我就发现里面早已有四位乘客，这些人我以前从未见过，车篷顶把他们全都挡住了，而且，在我和车夫以及酒馆的人谈话时，他们全都没有出声。一路上，我逐渐对这几个人有点熟悉和了解，我将在此一一记录他们。

这里头有个年轻人，比我大四五岁的样子。他名叫约翰·科尔比，是城里一家商行的簿记员。从他那张充满朝气、好脾气的脸上，很容易判断出他是一个开朗快乐、爱玩乐的人。科尔比和我坐在同一张椅子上，不一会儿，我们就友好地攀谈起来。

我们身后坐着一位年老的乡下妇人，她要去看望女儿。她找机会告诉我们，她的女儿三个月前嫁给了一位体面的城里人，两人现居住在布鲁姆大街一栋两层楼房子的顶楼，生活优渥体面。这个妇人显然根本没有觉察到自己说的有多么可笑，但她毕竟是一个妇人，一位母亲，她的话也无恶意——没有人对她的絮絮叨叨感到好笑，或是表现出厌烦的样子，尽管那完全不是我们感兴趣的话题。

在她身边坐着一位中年绅士，名叫德麦纳。他的穿着十分考究，我不禁纳闷，他为何搭乘如此简陋的交通工具。在接下来的故事里，我们会更多地了解他的为人。

在后座，挤在一堆乱七八糟的行李中间，坐着一位绅士，是四

① 作者此处借用了莎士比亚戏剧《李尔王》中的话："一个忘恩负义的孩子简直比毒蛇的牙更尖利。"——译注

位同行者中的最后一位。我不时能听到他自顾自地哼唱小曲，这表明他心情很好。他穿着简朴，但我觉得他穿得很贵气。在一处歇脚的地方，我从我的车夫朋友那里听说，后座上的那位乘客和他一起从一个偏远的村子赶来，那里没有其他交通工具，那位乘客去狩猎。

第二章

那儿矗立着印第安人的小屋，
那儿湖水一片碧蓝，船桨闪耀，
棕色的水獭跃入水中，
鹿儿饮水，清风徐来，
岸边黄澄澄的玉米田沙沙作响；
那片土地如此野性、孤寂和美好，
充满着欢快纯真之美，
大地上，空气中一片宁静和平，
勇士点亮柴火，绑住猎物。

复仇的敌人从林间，
窥看这一切。

——布莱恩特[①]

我们每个人都要前往纽约，这段旅程本来异常单调，前行几英里之后，大部分人都少了几分陌生人的拘谨，开始像熟人一样攀谈起

① 布莱恩特：全名威廉·卡伦·布莱恩特，美国十九世纪著名的自然派诗人。——译注

来。坐在乡下妇人和我之间的那个人是个例外。他摆出一副倨傲的神情，显然认为加入我们的谈笑有失体面。科尔比和我一路相谈甚欢，我们偶尔还和坐在后座的那位绅士聊上几句，科尔比和我都认为这位绅士是一个很不错的人。尽管他身上透着一种尊贵，阻挡着我们和他太过亲近，但却没有另外那位男性乘客拒人于千里之外的傲慢。

科尔比和我心情愉悦，几乎在每件事上都可以找到乐子。马车晃晃悠悠慢慢前行，让人昏昏欲睡，正好是我们谈笑逗乐的题材。我们谈兴渐浓，后座那位爱好狩猎的绅士给我们讲了许多趣闻逸事，大部分都和沿途经过的风景有关。他告诉我们，他酷爱探究这里往昔的历史，这座他生于斯长于斯的小岛。对于这里早期的定居者以及白人到来之前生活在此的几个印第安部落的故事，他就像古董商一样喜好寻根究底，探究一番。

从这位绅士的言谈中，我看得出来，他确实醉心于这方面的话题。他滔滔不绝地详细讲述红种人的不幸遭遇。白人侵占了他们的领土，让他们失去了家园，还在继续把他们赶出原本属于他们的古老的狩猎场。

“最大的诅咒，”他激动地说道，“临到红种人身上最大的诅咒是朗姆酒带来的！发烫的烈酒改变了可怜的印第安人的习惯，剥夺了他们的幸福，我想象不出，还有什么比这更加可怕，同时也是更为深刻的教训。整个民族——这片宏伟大陆上的居民——都被酒给毁了，沦落到连田地里的野兽都不如的境地。这难道不让人痛惜吗？最勇敢的武士、智慧的老酋长们，甚至女人和孩子，统统都被我们引诱，喝上了致命的毒药。一年年过去，他们才蓦然惊觉，他们不仅被夺走了曾经拥有的土地和财产，而且失去了让他们成为一个高贵民族的一切！朗姆酒给世界造成了极大的危害，但是比起对这些野蛮人造成的伤害，真是小巫见大巫。”

我们都觉得他说得很有道理。就连我们的车夫显然也认同这个观点，尽管他红通通的鼻子表明他最爱白兰地。

我们穿过一条小溪，一座桥横跨其上，这时，这位激情澎湃、热切为印第安人代言的绅士指给我们看远处的原野，我们看到一片很大的内陆湖。他告诉我们这个湖约有两英里宽，还念出了一个长长的、含混不清的单词，他说这是湖的印第安名字。

“有一个古老的传说，”他说，我们看出他此刻谈兴很浓，“关于这个湖有一个古老的传说，聊聊这个故事可能会让我们的旅程更有意思。”

我们纷纷表示乐意听到这个故事。无须再卖弄关子，古董商说开了。

三百年前，一些红种人部落居住在世界的这个角落，在他们中间，有一个勇敢的族群，他们人数不多，他们的狩猎场就位于这个湖的东岸。我要说的这个族群，和他们的很多邻居一样，经常卷入战斗。这个族有很多敌人，他们千方百计想要灭掉这个族，有时是明着宣战，有时是暗中捣鬼。但这些红种人勇士个个骁勇善战，他们有一个首领，他胆识过人，精通各种战术，名声传遍了整个岛屿，其他地方的许多人也知道他。他的名字，用我们的话来说，表示“不肯屈服”的意思。他的住处只有两个人，他自己和他年幼的儿子。自他的妻子被埋进坟场，月亮已经经历了二十轮阴晴圆缺。

一天晚上，“不肯屈服”正独自待在他那间简陋的木屋，这时有人前来报告说，从远方部落来了一个旅人，他进了村子，需要食物和休息的地方。对于这种请求，红种人从不会拒绝。“不肯屈服”叫送信人回去邀请陌生人来和自己同住。在这些淳朴的人心中，没有什么事比招待客人、为客人安排膳宿更加荣幸了。此刻，酋长亲自来料理这些事。他的儿子一大清早就和几位年轻的同伴出门狩猎，还没有回来。不一会儿，远方的旅人就被报信人带到了酋长的住处。

“欢迎你，我的兄弟。”“不肯屈服”说。

受到礼貌问候的是个身体健硕的印第安人，中等年纪，身上衣物不多，是他们部落的服饰。他的前额上有一绺毛发，下方闪烁着一双炯炯有神的眼睛。对于主人的问候，他的回答简短有礼。

“酋长的帐篷很冷清。没有其他人吗？”陌生人说。他停顿了一会，打量了一眼四周。

“我的兄弟说得很对。这里确实很冷清。”主人回答，“十二年前，‘不肯屈服’还是一个幸福的首领。他有勇敢的儿子，他们的母亲是他的最爱。他身强力壮，就像拧成一捆的绳索。然而，命运之神却把绳索一个一个地折断。他看中了我的儿女们，想把他们据为己有。看看留给我的吧，只有他才能让我心情欢畅！”

说到这里，“不肯屈服”转过身去，指着帐篷门边的一个人。

就在片刻前，一个男孩悄无声息地走了进来，就站在酋长身后。来人十四五岁。他是一个高贵的少年！他的四肢没有因绳索捆绑而变形[①]，他身材优雅，像俊秀的桦木，匀称敏捷，像跳跃的雄鹿。他就是酋长的儿子，酋长唯一在世也最疼爱的孩子——嘴唇红润、灵巧聪颖的风足。

在孩子的帮助下，一顿简单的晚餐很快就做好了。饭后，陌生人看上去有点疲惫，于是酋长和儿子为他在房间一角铺好了几张皮子。陌生人躺下睡觉。

这是一个怡人的夏日夜晚。月光皎洁，群星闪烁，远处的森林传来各种各样的声音。酋长和儿子斜躺在帐篷门口，享受习习凉风的吹拂。清风慵懒地吹打着当作门帘的鹿皮——鹿皮忽上忽下，垂落下来

① 某些北美印第安部落有用绳子把婴儿的四肢捆住的习俗。——译注

时，室内漆黑一片，突然掀上去时，屋内月光如水。风足谈起他当天的捕猎。他说自己运气不好，他烦恼为什么偏偏是别人的箭射中了目标，而不是他的。他的语气中带着少年的急躁。听到孩子的话，酋长露出一丝苦笑，他想起自己年少时也是这般脾气。酋长用温柔的话语安慰孩子，告诉他即使是最勇敢的武士出去狩猎数日，有时也会如他一样一无所获。

“许多年前，”酋长说，“那时，我的两颊还是柔嫩的，我的身体没经过几个严冬的酷寒，我一个人去到猎场，却毫无收获，就如同你今天一样。黑暗势力笼罩着我，射出的每一箭都不听我的使唤。”

“父亲难道没有带任何东西回来吗？”男孩问。

“‘不肯屈服’没有带回任何猎物。”酋长回答，“但他带回的东西对他和他的族人而言，比最肥美的鹿和最香甜的鸟肉还要贵重。他的手里攥着一个该死的坎西人的头皮！”

酋长的声音低沉而尖锐，透着仇恨。

“父亲能不能讲讲……”风足说。

孩子正要问，又停住了。一阵喉音突然从他们身后传来。这声音既像一声拖长的鼾声，又像一声痛苦的呻吟，从帐篷里陌生人躺下的地方传来。那几张当作床的干燥的皮子发出沙沙的声音，好像躺在那儿的人换了一下睡姿，而后一切又复归平静。“不肯屈服”转向儿子，用更为低沉的声音继续讲述，他担心刚才的谈话搅扰了客人的美梦。

“听好！”他说，“你知道一点，但并不完全知道我们部族和刚才我提到的该死的敌人之间仇恨的由来。早在我记事之前，他们对你的列祖以及整个部族犯下了滔天大罪。你两个兄弟的头皮就挂在坎西人的帐篷上。我发誓，与坎西人有不共戴天之仇。

“就在那天早上，我外出打猎，当时我浑身充满力气，心情愉快。时间一点点过去，我穿行在森林中，却一无所获。到了太阳落山的时候，我感到很累，发现自己已经离开家很远了。我躺在一棵大树的脚边，不一会儿就睡着了。半夜，有个声音似乎在我耳边低语，催促我赶快起来，看看四周。我爬起来，发现除了我自己，周围没有其他人。我明白了，刚才是睡梦之灵和我在一起。黑暗中我四下望去，发现远处有亮光。悄悄地，我朝那里走过去。我发现那亮光原来是一堆火，火堆旁边躺着两个人影。哦，孩子，当我认出他们后，我无声地笑了。这是我们的两个世敌——我太熟悉他们了——就躺在那里，一个坎西人，还有一个孩子。我匍匐着朝他们靠近，就像蛇在草地上爬行一样。我朝那个熟睡的男孩俯下身去，举起我的战斧准备砍下去，但我转念一想，如果将他们两个都杀死，就不会有人将我所做的事情传回坎西族部落。如果他们不知道这件事的话，对于我而言，我的复仇就没有意义，于是我饶了那个孩子，朝另外那个人爬去。他的面容和之前那个一模一样，我的心一阵狂喜，因为我知道他们具有血亲关系。我举起手臂，用尽全身力气，砍了下去，将这个杂种的脑袋一削为二！”

酋长讲述这个故事时，语气颤抖，带着愤恨。他渐渐抬高了音量，情绪不觉激动起来。讲到最后，房间里回荡着他沙哑的嗓音。

就在那时，门上的鹿皮垂落下来，黑暗笼罩了房间。紧接着，清风再次把门帘吹开，月光流淌进屋，一片明澈。恐怖之灵！那后面是一副多么骇人的景象啊！那个陌生的印第安人此刻坐了起来。他脸上一副凶神恶煞的表情，瞪着前面毫无觉察的父子，那神情就像撒旦面对他的对手——天使一样。他的嘴巴张开，牙齿咬紧，脖子伸长——前额的每根血管以及太阳穴凸起，好似呼吸困难一样——他双目似火，闪着魔鬼般的仇恨。他的一只手臂举起，紧握拳头，手上每根神经和青筋暴起。这是一幅可怕的场景，尽管只持续了一会。“不肯屈服”和他的儿子都没有看到这一幕，他们的脸都面朝帐篷前方。过了一会，印第安人躺了回去，他用皮子把自己裹紧，一动不动。此时已是深夜。风足打了一天的猎，十分困倦，于是两人从门口起身，回屋休息。不到几分钟，父子俩就沉沉地进入梦乡。但是在黑暗中，在陌生人睡觉的榻上，闪耀着两只火球，它们不停地转来转去，就像狂怒的野兽的一双眼睛。整个晚上，这双眼睛再也没有合上。

对于此前居住在这片大陆的原始居民来说，向一个客人打探他的身世、他过去的住处和将来的目的地，这被视为一件极不礼貌的事。客人愿意待多久就待多久，不管时间长短，直到他自己认为该离开了。因此，翌日，当那个陌生的印第安人没有流露出要走的意思时，酋长一点也不惊讶，还是很客气地招待他，酋长觉得这是客人对自己尽心尽意招待的一种间接的赞誉。于是印第安人在酋长的帐篷里又过了一夜。

第三天早晨，“不肯屈服”把儿子叫到身旁，当时印第安人正站在门边。他告诉风足自己要出去一趟办点事情，可能要黄昏时分才能回家。他叮嘱男孩要殷勤待客，还命令他守在家中，傍晚出来迎接自己。当“不肯屈服”从帐篷门口经过时，他惊讶地看到陌生人明亮的黑眼睛中闪着一丝野性的光。然而，他只是匆匆一瞥，并未太留意。他拿起几件简单的行李，然后上路了。

“不肯屈服”要去处理的是部落的几件公事。一路上，他步伐轻快，很快就到了目的地。完成要做的事后，看看比预计的时间要早，他吃了点干粮，然后开始赶回家。当他远远地看到族人的住地时，下午大约过去了一半。那天是个好日子，但是非常热。“不肯屈服”回到自己的住处，躺在地上休息。风足不在家，过了一会，酋长起身，去最近的邻居家打听儿子的情况。一个女人走出来答话：

“年轻的勇士，和您的陌生客人一起走了，有好几个小时了。”

酋长转身回自己的帐篷。

“我不知道是什么意思，”妇人又说，“但那个长着一双火眼的人告诉我，要是风足的父亲问起他，转告酋长这样的话：‘除非你的敌人看到你喝他的血，否则那血不是甜的，而是苦的。’”

“不肯屈服”猛然一惊，像是被蛇咬了一口。他的嘴唇翕动，一只手不自觉地握住了战斧的手柄。他的耳朵没有听错吧？这些话对他而言并不陌生。如一团迷雾一般，多年前的情景浮现在记忆中。他想起来了，妇人刚才说的话正是他对坎西男孩亲口所说的，那个很久很久以前他在森林中饶了一命的男孩——他把他放了，要他回去告诉族人，跟他在一起的人被谁杀了，是怎样被杀害的。这个陌生人？啊！现在他全都明白了！他想起了那副阴暗的表情，那笼罩在客人身上的神秘和唐突。他的思绪急急地向前翻转，他忆起了陌生人脸上的轮廓，和当年那个坎西男孩一模一样。风足正是在这个人手里。酋长瞬间明白了那个人的可怕目的。再晚一分钟都来不及了！他赶紧集合了十几名勇士，出发寻找孩子的下落。

酋长所有的猜测都是对的。就在酋长返回村庄的同一个时刻，风足已经离开家几英里远了，他正追赶上他的同伴，那位同伴在他前面几步远处，正坐在一棵倒下的大树干上。那是大森林的深处，旋风呼呼地吹过地面。这个孩子已经和他的新朋友漫游了好久，穿过一条小径，又一条小径，带着他那个年纪特有的满不在乎。此刻，印第安人静静地坐了几分钟，一言不发，男孩无聊地在他附近玩耍。这是一个阴沉幽暗之地，四面八方都耸立着参天大树——它们是森林中的元老，在这样的偏僻之处生长、凋零，遮蔽着身下无数个季节留下的落叶。终于，陌生人开口了。

“风足！”

那孩子在几码开外，听到呼喊后走近前来。当他走近时，吃了一惊，猛然停住，因为他同伴的样貌极其可怖。同伴朝他弯下腰，像一头猎豹，正准备对猎物发起致命的一跃。那双明亮却令人害怕的眼睛在转动，闪耀着恐怖的光芒，他脸上的表情，和前面说过的头一晚在酋长家帐篷里的表情一样吓人。就在他俩互相盯着对方之际，一种不祥的预感在孩子脑中升起。

“年轻的武士，”印第安人说，“你必须死！”

“勇士说笑了，”孩子说，“风足不过是一个小孩。”

“毒蛇一开始也是小的。”野蛮人回答，“但是只要过几个月，它们就会长出毒牙，喷出毒液。听着！毒根的后代，我是坎西人！就是那个你父亲在森林中饶了一命的男孩，如今已长成为一个男人。他部族里的年轻勇士指着他说：‘他父亲的头皮悬挂在“不肯屈服”的帐篷前，而这个坎西人的帐篷前却空无一物。’死敌的后代！太阳再次照在我们头顶上之前，你的鲜血将要用于祭奠一个被杀害的父亲的坟头。”

男孩的心怦怦直跳，但却不失部落男儿的英勇。

“风足不是女孩，”他说，“酋长的儿子能够英勇赴死，不掉眼泪。”

野蛮人看了他几秒钟，满脸狰狞。然后他从衣服内侧掏出一根树枝，走向少年人，把他的双手捆在身后。试图抵抗是毫无用处的，因为除双方力量悬殊以外，男孩手无寸铁，而印第安人腰间有一把短柄斧，还有一个形似匕首的石头武器。野蛮人把男孩的双手牢牢捆好后，扎紧腰带，把要走的方向指给风足看，他自己则跟在后面。

当“不肯屈服”与族人出发寻找孩子和那位可怕的陌生人时——一想到和他同行的孩子就不寒而栗，他们幸运地发现了两人的踪迹。“向导”留下的足迹如此细微，如此迂回，除了一个印第安人，没有人能追踪到他们。但酋长眼光锐利，爱子心切，一行人向前追踪，七拐八拐，终于来到了坎西人曾经坐过的倒下的大树前。再往前走，行迹没有之前那么弯曲，一行人加快了脚步。方向好像指向那个狭长的湖的岸边。他们继续前行，急速而又悄悄。就在鲜红的太阳坠入西边时，他们看见它最后一丝光芒在湖面上跳跃。这个地方很空旷，几乎没有树木的遮蔽，只零星散落着几棵树。当他们从浓密的树林中钻出来时，“不肯屈服”和他的勇士们用敏锐的目光搜寻前方。

那果真就是吗？他们在草地上看到的、离岸边大约二十杆[①]的影子真是他们要追的人吗？岸边系着一叶独木舟。他们从男孩的姿势看出，他被捆住了双手，他们还发现，假如坎西人把他弄到船上，朝湖对岸驶去，那边有可能会有他们部落的人在接应，那么解救孩子的希望就微乎其微了。他们只停顿了片刻，“不肯屈服”一跃而起，像一头丢了崽子的母狼，发出一声长长的嘶吼，那是他们部落打仗时的呐喊声。

众人也呐喊起来，紧随其后。当微风把这突如其来的呼喊声传到坎西人的耳朵里时，他跳了起来。但他马上镇静下来——超乎寻常的冷静是他们部落鲜明的特点，立刻明白当前的处境，以及自己该采取的最佳方案。他一把抓住男孩的肩膀，朝独木舟跑去，风足正好在他自己和那些追来的人中间，好似一块盾牌，可以抵挡来人的进攻。他仍然占据上风。可以肯定的是，追来的人没有负担，会跑得越来越快，但他离他们最前面的那个还有一段距离。这是一场可怕的较量。当印第安人拖着孩子越来越靠近湖的边缘时，“不肯屈服”感到自己的心痛得厉害。

“回来！坎西崽子！”酋长疯狂地咆哮，“回来！你这个只敢玩弄女人和小孩的家伙！回来，你敢不敢看一个真正的勇士的眼睛！”

一声嘲弄讥讽的大笑从飞跑的敌人那传到了狂怒的父亲耳里。野蛮人并未回头，而是扭转左臂，用一根手指抵着风足的喉咙。他离独

---

① 一杆等于 5.5 码或 16.5 英尺，约为 5.03 米。——译注

木舟近在咫尺了。被他拖在身后的男孩听到了父亲的声音，尽管他遍体鳞伤，仍拼尽全力做最后一搏。啊！他的抗争失败了。唯一的结果是，有那么一刻他松离了坎西人抓得死死的手心，他倒在地上——但这徒劳无功，因为他的双手被捆住了，他不能解救自己逃离厄运。然而，那一刻对坎西人是致命的！酋长的速度像闪电一样快，他引弓搭箭——只听砰的一声，蘸过毒汁的箭飞了出去，命中目标，击中了印第安人的一侧身体，就在他停下、准备把风足拖上船之际。他发出一声狂啸，鲜血从伤口喷涌而出。他踉跄几步，倒在地上。然而，他的力气还没有耗尽。无尽的仇恨和无穷的报复的念头在他心中翻腾——因为受到阻挠而越发强烈——显露在他那张狰狞的脸上。一道道恶魔似的眼光从他眼中射出，阴森死沉，临死前的汗珠垂落下来。他的手摸到了腰带，攥住了匕首的柄。他扭动着身子，像一条受伤的蛇，慢慢靠近被捆住双手而无法动弹的风足。他举起武器——他大声咆哮——他发出可怕的胜利的大笑。当这条垂死之蛇摇晃脖子时，凶器落了下来，准确无误地击中了不幸的风足的心脏。

当“不肯屈服”赶到儿子身边时，最后的生命气息出现在孩子脸上。他的眼睛张开，看向酋长。他美丽的嘴唇分开，似在微笑。他的脸上闪过可爱的表情，就像水面上的波纹，转瞬即逝——他微微抖了一下。下一秒，风足死了！

第三章

亲爱的孩子，你是生命的春天，
你应是生命之花，
你也应是喜乐之歌，
你的脸颊有玫瑰色的红晕，
你的脚步轻快如翼，
你有时奔跑嬉戏，
在草地上，在微风吹拂的山冈上。
每个人都有他命定的，
快乐和痛苦！

——亨利·皮克林

我们都沉醉在古董商讲述的故事中，没有注意到时间的流逝。故事讲完后好几分钟，大家还是一片沉默。这个可怜的印第安男孩的不幸死亡给我们的心灵投下了一层阴影，让我们没有了谈话的兴致。

当时已经过了晌午，我们觉得应该用餐了。因此，车夫及时把车停在了一个屋檐低矮的酒馆，不慌不忙地给马儿们卸下轭具，好让它们能够暂时喘口气。

我们很高兴能够出来透透气，活动活动筋骨，科尔比和我（我们早已成为好朋友啦）从马车里跳了下来。我们在小小的门前庭院兴奋地来回走动，在屋前低矮的门廊里伸展僵直的四肢，感到舒心愉悦。德麦纳悠闲地下车，脸上挂着那副倨傲冷酷的表情，他站在马车的前轮边，眼瞅着酒馆和正从酒馆里出来的人。乡下妇人向前移动了一下。她是一个肥胖的妇人，动作有点笨拙，我们以为德麦纳至少可以在她下车时帮她一把。他站在那样一个位置，其他人都无法上前去帮忙。然而，德麦纳仍然带着那副鄙夷的神情，根本不去理会身边正在发生的事。

有那么片刻，我转头去看科尔比，屋里的他引起了我的注意，突然，我的耳膜被一声尖叫给惊到了。我朝马车看过去，看到那个妇人的衣服被车子缠住，眼看就要跌倒了。再过一秒，她很有可能会倒在马儿和车相连的那个地方，或者被马踩在脚下。德麦纳依旧摆着那副傲慢的神情，没有对她施以援手。我奔向妇人，但就在我赶到她身边之前，古董商一个箭步跃起，把妇人安全扶下车。这只是小事一桩，但是我知道，就因为这个细微的举动，从那一刻起，我产生了从来没有对任何一个人有过的对德麦纳那样的厌恶。

用餐的时候，我注意到，古董商对德麦纳显得尤为冷漠和疏远。对我们，他和蔼可亲，对那名老妇人，他也谦恭有礼。尽管他对德麦纳的态度算不上粗野，但是我敢肯定，在我心中滋长的那种情绪同样也在他心中萌发。

继续踏上旅程后，坐在后座的那位同伴接着讲起了趣闻逸事，那种活泼欢畅的气氛又回来了。我不知道为何，我总觉得这名古董商非同寻常。他很简朴，与此同时一点也不粗俗。我对自己说，要是我渴望成为一名绅士，这就是我效仿的榜样。他的言谈举止丝毫没有流露出要刻意赢得你的尊重的痕迹，相反，他非常友善，用朴实平白的语言讲述平凡普通的事情。然而，他身上散发着一种优越的风度，一种难以用言语描述的气场，这种风度和气场表明，他应该出入过富豪贵胄的客厅，悠然自若，不卑不亢。在和他谈话的过程中，我提到，自小以来，这是我头一回进城，还说我今后打算在城里居住。古董商是否对我的话感兴趣，抑或是出于好意，我不得而知，总之，他对我说了这样一番话：

“你在冒险，年轻人。你将要居住的地方充满了邪恶，充满了欺骗。那里有无数罪恶的诱惑，在你四周窥伺，这些都是你单纯的乡下生活没有教给你的。城里的年轻人对衣裳的看中胜过品行。当你和这群人混在一起时，你将会发现，你身上那些正直的品德将会受到讥笑和嘲讽。不过上那种放荡的生活，不花天酒地，不寻欢作乐，会被人认为是‘愣头青’。饮酒作乐的生活会从各个方面侵袭你，如果你向它屈服，你会成为一个终日醉醺醺的可怜虫，被逐出城市，成为一个醉死鬼，死在你那些乡下朋友中间，或者很快在城里某条大街上结束你悲惨的一生。这的的确确是危险的一步！”

说话者出于一片好意，这番来自一个完完全全陌生之人的告诫并未让我心生不悦。科尔比悄声对我说，古董商无疑是一个好人，他的话虽有几分道理，但未免太过尖刻。然而，接下来的故事将证明古董商在酗酒这件事上的提醒充满智慧。

下午快过去了，日头西斜，我们越来越趋近目的地。马车越来越多，房屋也越来越密，不断有人从城里出来搭车，这一切都在提醒我们，我们正在接近繁华的商业中心。

终于，马车走上了一条铺好柏油的马路。看到各处熙熙攘攘的景象，我十分惊奇。此时太阳还没有完全落山，天色正好，大街上人来人往，有人在做生意，有人享受黄昏时分的漫步。

马车驻足的地方是布鲁克林，靠近一个渡口，可以渡河去对面。我们下了车，很高兴终于到达终点，又因一路的颠簸显得有些疲惫。

此时各位乘客准备各奔东西。古董商手里拿着一个小毛毡旅行袋，礼貌地向我们道别，然后去附近乘船。德麦纳却磨磨蹭蹭。他拿的东西没有古董商多，但是却叫来一个搬运工把行李搬下来。乡下妇人也急匆匆地走了，显然，她爱女心切，着急去看望女儿。

在科尔比离开我之前，我们又聊了几分钟。尽管我们那天早晨才认识彼此，友情已在我俩之间萌生。我身在异乡，在这个偌大的城市又没有一个熟人，不难想象，我不会去切断这条友谊的纽带。科尔比给了我他住的街道号和门牌号。他的办公地址位于珍珠大街，他的寄宿公寓在城市的最北边。

“欢迎来找我。”他说，“你对这里不熟，也许我能帮点忙。明天来找我吧。”

“一言为定。”我回答说。我们就此别过。

我终于进城啦！我终于来城里闯荡啦！有多少人闯荡失败了！

这里我需要向读者简单介绍一下我之前的经历。我的父亲是个当木匠的手艺人，在我年仅三四岁时就去世了。我那可怜的母亲苦熬了一段时间。我们的亲戚本就少得可怜，他们也一样贫穷，无暇顾及我们。在我十一岁那年，母亲打发我去长岛我那当农夫的叔叔那里当学徒。我去叔叔那生活了不到二十个月，就听到母亲溘然病逝的消息，可以想见，这个消息让我有多么悲痛。她生活在一群冷漠的陌生人之间，他们还没有通知我她病重的消息，她就已经去鬼门关了。她临终前，既没有感受到儿子双手的抚摩，也没有得见亲爱之人让她宽慰的最后一眼。

我继续卖力地干活，生活一如既往地艰难，因为我的叔叔也是穷人，有一大家子人要养活。冬天到来的时候，我就去上学，这是岛上那个片区的惯例，因而零零散散地受了一点教育。可是，老师们自己对求知并不上心，因此我的学识不如出力干活令人羡慕。

到十九岁那年，我那诚实又正直的叔叔觉得，不能再让我继续待在籍籍无名的乡村，那样会毁了我的前程。因此，思想开明的叔叔放弃了我最后两年的学徒监护权——许多有钱人会津津乐道于自己的宽宏大度——虽然这两年对他来说比其他年份都更为重要。一天，叔叔把我叫到他跟前，温柔和善地对我说，他觉得应该为自己兄弟的孩子做点什么，但家境贫困让他无可奈何。他给我两个选择，要么去纽约找一份谋生的活计，要么再跟他一段时间，但不再做工，而是去上学，在学识上磨炼完善自己。很有可能，要是我选择了后者，我的人生之路要顺畅得多。但是，少年人那一颗不安分的心让我立刻选择了前者。

事情就这么决定了，一切很快准备妥当。我少得可怜的衣物被打包装进了之前已经向各位读者交代过的那口旧提箱。我满怀感激地从叔叔手里接过一点钱，我敢肯定这是他省吃俭用挤出来给我的。我向婶婶以及难过的堂兄妹们告别，踏上了旅程。离家的第一天，正如读者诸君所知道的，夜幕笼罩时分，我来到一座大城市的边上，准备在那里开始我新的人生。

没错，我来了，来闯荡未来！一个少年，举目无亲、毫不设防、不谙世故——没有财富、人脉和智慧——我站在巨大迷宫的入口，根本就没有意识到各式各样的诱惑、怀疑和危险正在恭候我。在我之前有无数的人来过，在我之后仍然有无数的人前来。有些人已经获得了令人艳羡的声望，收获了荣誉，赚得了豪宅。但是比起无数的失败者而言，这样的人寥寥无几！多少人早已开始赛跑，如今我也即将起跑，在经年累月的奔跑中，他们晕倒在地、疲惫不堪、心灵受伤，他们寻求的幸福之路却是死亡。死亡！这个词从一个朝气蓬勃、充满希望的年轻人嘴里说出来太过沉重！让我们还是想想那些幸运儿吧，他们勇立潮头，在任何艰难险阻面前都毫不退缩，自豪满满，收获了成功，最终他们手中挥舞着胜利和荣耀的果实。

我的命运将会如何呢？我是否是那为数不多的幸运儿呢？比起那成千上万落在跑道后面的人，命运会不会对我更加无情呢？所有人都在奋力拼搏，想要赢取命运之神抛出的为数不多的奖赏，比起那成千上万个竞争对手，在纷乱的人群中，我那只毫无经验的臂膀究竟有多少胜算的机会呢？

噢！将我们安放在这个世界的伟大的上帝创造了一样好东西——在世间一切的美好之中，他赠予人类许多的忧伤、失落和极度的痛苦——但他在我们心中安放了一个伟大的希望之锚！暮年之时，当我们回首过往的岁月，就会发现，若没有这个仁慈的精神支柱，我们的竞争是多么的徒劳！

毫无疑问，成千上万的人已经先于我来过，他们挣扎着去博取生存于世那些令人羡慕的东西，然而却惨遭失败。但还有一些人收获了成功。一颗坚强的心，一双勤劳的手，是能够撬动命运的伟大杠杆，对于贫穷可怜、孤单无友的弗兰克林·埃文斯也是如此。在我们这个荣耀的国度，成功的大道向所有人敞开。至少，我的运气和那些同样起点的人一样好。

第四章

停住，凡人，且停住！切莫掉以轻心，
把你的厄运就此封住；
在那酒杯当中，潜藏着诅咒，
凡是喝过的人无人不晓。
疾病和死亡就立在门外，
永远在嘶鸣，
它们急切地渴望听到一声大叫：
“再给我来一杯！”

——华盛顿吟游诗人

第二天早上，我醒来后，仔细想了一下首先应该做什么事好，我觉得有必要为自己找一间寄宿公寓。早餐后，我穿过渡口，花了一便士从一个报童手中买了一份报纸，然后仔细查看那些刊载住房广告的专栏，看有没有合我心意的房间。我有点惊讶地发现，几乎每一家都宣称自己是“空气最清新、最宜居的地方”，有“最好的膳宿供应”“舒适的房间”“家一般的温馨”。有些广告告诉读者“屋内没有孩子居住”。对于这些广告我都一一略过，决心不去这样的地方，因为我喜欢叽叽喳喳、生机勃勃的孩子，不会像别人那样因为孩子的小顽皮而恼怒。

我记下几处自认为还算合适的住处，开始了看房之旅。我拜访的第一个地方位于克里夫大街。一个身材瘦削、板着脸孔的老处女前来开门。当我问起房东时，她把我领到客厅，过了一两分钟，房东出来和我说话。她像那个老处女一样严肃、一样阴郁。我刚一提起房子的事，她就说她很乐意给我一个优惠价，但是有几个条件。我外出回来的时间不能晚于夜里十点——我早晨要下楼做祷告——除了礼拜天，我绝不能到客厅来——我的衬衫和袖口在就餐时永远要保持干净。我拿起帽子，礼貌地告诉这位女士，若是我觉得自己可以接受她的条件，就会再来。

接下来我又去看了一间房，广告里说可以以“极为合理的条件”提供一切便利。我还以为这说的是这间寄宿公寓价格便宜。女主人带我上到一间阁楼，那里摆放着各种形状和大小的床铺。她指着角落里一张样子可疑的床给我看，说那张还没有人睡。她告诉我，我可以租那张床，包餐，每周三美元，需要每个礼拜天晚上准时交付。我不喜欢这个女士的样子，也不喜欢这栋房子的样貌，两者都谈不上清爽整洁。于是，离开的时候，我说了一番和先前一样的话。

随后看的第三家和第四家都同样不顺利。第五家的房子我很喜欢，但刚一被告知所有的租户都是男士，我就下定决心再找下一家。我渴望住到这样一个地方，那里的气氛因为有女士的存在而变得活跃。

我屡屡失望，疲惫不已，非常怀疑自己是不是太过于吹毛求疵。我决定不管下一家如何，都要把这事给敲定。幸运的是，接下来的这家没有之前那几家的问题。房东看上去是个有学识、受过良好教养的女士。家具和地板都非常干净。这里值得我提一句，干净整洁这一项我是不能抛弃的，这源自我乡下生活的影响。我过去经常看到，在穷困窘迫之中，免于肮脏、尘土和不洁的最好方法就是保持洁净。离开这点，在任何环境中我都觉得不舒服。

我和这位女士谈妥了，告诉她我当天就会搬来。我就要在阁楼上拥有一间温馨的小屋了，完完全全供我一个人享用，为此我将每周支付 3.5 美元。

一离开这个地方，我就赶去珍珠大街拜访科尔比。当然，当我走出屋子时，我回头好好看了看它，免得忘了这里。科尔比见到我显得很高兴，但当时正值办公时间，我看到他正忙，待了几分钟就走了。我把自己新地址的街道名和门牌号告诉他，他答应晚上一下班就来找我。

当我去布鲁克林取回行李，从渡口出来时，你们猜猜我遇到了谁？不是别人，正是我昨天才认识的朋友——那名古董商。看到我，他面带微笑，显得很欣喜，说了几句客套话。

“你喜欢这座城市吗？”他问道。

“先生，我还没有来得及看看这座城市，但我肯定会一点点了解这里。”

“太多了。”他说着，摇了摇头，“太多了。这里要看要了解的东西有成千上万，我年轻的朋友，没有哪一个人能完完全全了解。”

他停了下来。我不知道该如何接话。

“我能问问你想在纽约做什么吗？”终于，他开口了。

“我自己也不知道，先生。”我回答说，“我来这里是想找一份工作。到底是什么工作，这很大程度上取决于我的运气了。我倒不太介意做什么工作，只要能老老实实谋生就行，并且，随着年纪增长有机会提升自己。”

“那是一个奇怪的方式。”我的同伴说，显然对此有点兴趣，“如果人们以我理解的你所说的方式来到这里，那么他们将不太可能在这城里得到任何工作。”

“我决定要尽最大努力。也许……”我补充说，因为我觉得这名古董商显得非常友好，“也许，先生，您可以在找工作方面给我提供一些建议？”

我的朋友低头看了一会地面，当他抬起头来时，和气地一笑，回答说：

“埃文斯，我也许可以为你做点什么。我对你有点兴趣，我并不想掩饰这点。我在你这个年纪，比你稍微大一点的时候，来到这座城市，跟你现在的处境非常相像。我那时并不穷，但是在这里无亲无故，就像你说你现在一样。尽管我有钱，但是，上帝知道，从那些本该对我施舍一点点仁慈的人那里，我没有得到一丁点关怀。尽管他们富有，他们的胸襟却不宽广，不如他们的财富。然而，没有他们的友情，我也活到了一大把年纪。我不知道有什么不帮你一把的理由。也许我能够为你做的事情并不多，也不需要我花费什么。如果你为自己开辟出一片天地来，你能施展的空间就越大，荣誉也越多。这是我的名片。”说着他把名片递给我。“明天上午十一点来找我。我是守时的人，希望你也如此。也许你不会对马车里萍水相逢的这段友情感到后悔。祝你好运！”

我都不知道该如何回话。事情突然来了一个大转弯，我欣喜不已。老实说，我并不知道我的朋友要我做什么工作，但这确确实实是一份工作，是将我引向高处的第一块垫脚石。我看了看名片，上面写着“史蒂芬·李，交易所”。我小心翼翼地把它装进胸前的口袋，迈着轻快的步子返回我的寄宿公寓。

不知是和李先生的那番交流给了我自信，还是别的什么原因，平生第一次，我发现自己和一群二十来岁、受过良好教养的绅士和淑女围坐一起用餐而不脸红。尽管许多规矩对我来说是新的，还有那么一两个离我坐得最近的邻居，一眼瞧见了我某些方面不太讲究的举止，觉得好笑，但我相信，自己言谈举止总体上还过得去。

同时，我也有机会去观察谁是屋子里真正有教养的人。那些真正彬彬有礼的人绝对不会通过显露自己注意到了同伴的缺陷或是因对方的无知和笨拙感到好笑而自贬身价去伤害同伴的感情。相反，他们会像集浪子与绅士于一身的最伟大的英王乔治四世那样做。有次在品茶时，一些宫女嘲笑另一些不懂时尚的同伴把茶倒在碟子上，而不是用茶杯喝茶，于是，乔治四世也把茶倒在碟子上，并把此法推荐给皇室其他人，这样其他人就不会遭到那些无理之人的嘲笑了。

到了晚上，科尔比如约而来。当我把见到李先生以及他对我的允诺告诉科尔比时，他也非常高兴。当我把名片拿给他看时，他告诉我，他经常听到这个人的名字，这是一位很有名望的富商。科尔比祝贺我交到好运，他开玩笑地说，若是我有朝一日飞黄腾达、成为货栈或大公司老板，他也不奇怪。

“跟我来。”他说，“这里没什么意思。我们出去走走，看看外面的世界。”

“好啊。”我说，“所有东西我都喜欢。”

于是我俩拿上帽子，走出屋子。

在最繁华的街道上来来回回逛了几圈后，我开始有些习惯了窗户里炫目的灯光，以及身边熙熙攘攘的人群。一切看起来都是那样明亮欢快！商店里摆满了最漂亮、最昂贵的物品，大而明亮的玻璃橱窗里闪耀着璀璨的煤气灯，向过往的行人展示里面的珍宝。大街上挤满了欢笑的人，摩肩接踵，每个人都想在这样的夜晚找到乐趣。很长一段时间，我都被这旋风般的一切弄得眼花缭乱。直到最后，正如我所说的，周遭的一切变得一点点熟悉起来，我才有空去冷静思考我所看到的一切。

过了一会，科尔比问我想不想听点音乐，喝点小酒。我同意了。

于是我们走进一间装饰华丽的房间，里面摆放了一些小桌子，人们坐在那饮酒，玩各式各样的游戏。我们在第一张有空位的桌边坐下来，要了几杯酒。一切都是那样的美妙！那些漂亮女人吟唱的曲目比我之前听过的任何曲子都要甜美，酒精的作用让我觉得幸福朝我浇灌下来，从头到脚！

噢！致命的享乐！这是我进城之后误入歧途的第一步——如此之快！也许，科尔比并没有想过他正在做什么，但是他仍然是最应当受到谴责的。他知道那时的我年纪轻、好社交、没经验。即便他当初把我带到一家某种致命传染病正在肆虐的隔离医院也要好得多。

今天，当我回首那个夜晚的行为带来的种种恶果时，仍然战栗不已，那是恶之种子的萌发。隔着十年的光阴回望，那个场景再次浮现在眼前，历历在目。我甚至还记得棋盘的颜色，小桌子的样式，吟唱的曲子的每一句歌词。我们喝酒，不是一杯，而是一杯接一杯。

是的，房间里的陈设，还有那些戴着帽子、嘴里叼着雪茄、三三两两坐着的男人的样貌，一切的一切，在我眼前都异常清晰，仿佛他们都融入了一幅图画。当时那一切对我来说都是新鲜的。自那以后，千万种更加刺激的画面拂过我眼前，都没有让我留下什么印象，而这里的一切却好似用一支笔一样在我记忆的心版上画下了痕迹。

我记得，自己当时被角落里一个可怜的家伙的样子给惊住了。他可能比我大不了多少，但他的脸是发胀的，他的眼是红肿的。他喝得醉醺醺的，向后仰着，样子非常恶心。我猜想，他的同伴——那些曾和他一起饮酒作乐的人看到他这副狼狈样，早就轻蔑地离他而去了。他坐在那，或者说勉强支撑起自己坐在那个角落，烂醉如泥，成了其他人鄙夷和讥诮的对象。这难道不是对我的一种提醒吗？可惜我当时根本没有留意这种提醒。

过了一会，屋里几个穿白围裙的人来到他身旁，粗鲁地打断他的美梦，把他轰出房间。可怜的人啊！毫无疑问，如今他睡了，推也推不醒，叫也叫不醒，即便是冷嘲热讽也没法让他从黑暗的梦境中醒来。他一定是成了一个醉死鬼！

科尔比终于看到他对我太不管不顾了。他非常习惯城里的这种放荡生活，忘记了我来自乡下，以前从未到过这种灯红酒绿的场所。

当我们离开房间时，我费了老大劲才迈稳步子，我挽住科尔比的手臂，他随着我朝我的住处走去。确实，若不是他陪着我，我怀疑自己能否顺利到家。因为我头昏脑涨，夜间的路也有点难以辨认。我的同伴送我到门口，向我道晚安，然后离开了。

我走进屋，从客厅桌子上留给房客用的蜡烛中取了一根，沿着楼梯慢慢走回自己的房间。我酣睡不醒，和前一晚一样，然而两者性质却截然不同。前者是健康纯真的一夜好觉，而后者，则是酗酒后死气沉沉的昏睡。

第五章

闪光的不一定都是金子。

——古谚语

第二天早上，我头脑中翻来覆去的反省在此不足一提。我很难说，羞愧和悔恨能够抵消让我全身每一寸筋骨都感到的疼痛。

第二天上午，我拜访了古董商朋友李先生。他没有忘记我，而是信守诺言。他说，他自己的生意已经雇用了许多职员和助理，他不能无缘无故地辞退人家。他已经帮我打听过，华尔街上有位生意人安德鲁斯先生也许可以给我一个职位，他和这位绅士相熟。

我的恩人写了一张给安德鲁斯的便条，要我转交给他。在一栋宏伟气派的花岗岩大厦内，我在一间有着奢华家具、正对着大街的屋子里见到了安德鲁斯。这里是一家银行。许许多多人不断进进出出，忙着生意。我知道这里发生的交易涉及成千上万的资产，但一切都在有条不紊地进行，不见一丝忙乱。

有什么职位是李先生想到适合我在那里做的，我无法想象，但是我很快就明白了。安德鲁斯先生看了看便条，把我叫到跟前。他个子瘦削，黑眼睛，长相帅气，很有一副职业范。他告诉我他是一名律师，在我现在看到的这家机构工作，但这并不妨碍他料理自己的其他业务。当他外出时，他需要一个人来打理他的办公室，任办事员、门房和杂役这三种角色。他的办公室就在那条街的北面。

我欣然接受了安德鲁斯提出的条件，他希望我第二天就开始工作。当我离开的时候，我发现面前有个人，耳朵上插着一支鹅毛笔，不是别人，正是我在马车上的同伴德麦纳。我向他打招呼，但是他冷冷作答。我并不在意他的不友善，走开了，没有继续再和他聊。

我有点不知道该做点什么好，就去科尔比的办公室找他，要他答应那天晚上再来找我，和前一晚一样。

“你今天感觉如何？”他问，不怀好意地笑着，“你们乡下小伙也抵不过几杯酒，和我们城里人一样。”

我脸红了，想起了自己犯下的过错，暗下决心再也不能犯错了。

“我知道，”我回答说，“你会发现我很多方面都土里土气。但我今天到这里来，邀你今晚再出去，表明我愿意学习知识。”

知识！即使我终其一生都蒙昧无知也比知道关于酒的知识要好得多。

科尔比晚上过来了，我们又和昨晚那样外出闲逛，我下定决心不再去那些歌舞酒吧。但不知道是怎么回事，我的同伴刚一提议去那些地方，我居然鬼使神差地答应了。我们进了一家酒吧，要了几杯酒。

这里的确是一个寻欢作乐之所。里面绝大部分都是年轻人，我注意到许多人还未成年。他们和其他人一样饮酒作乐，根本没觉得有什么不妥。尽管我涉世未深，但我总觉得有什么地方不对劲。酒吧老板不是美国人。他在人群中进进出出，笑意盈盈，点头哈腰。毫无疑问，他显然为源源不断流入腰包的钱财而欢欣不已。

音乐又响起来了！这歌声，伴随着吟唱的女歌手那迷人的面容，是多么甜美！我完全陶醉了，比前一晚喝得更猛。

那天晚上发生了几件小事，印证了那句古老的谚语——闪闪发亮的东西并不像它们看起来那样有价值。事情是这样的。我们在酒吧里遇见了我朋友的朋友，三人决定当晚去看戏，于是就去了。剧院里熙熙攘攘，到处都是俊男靓女——蓄着胡子的花花公子和充满活力的年轻人——各式各样光彩照人的时髦男女，映照出一幕令人心旌荡漾、灿烂夺目的场景。管弦乐队奏出的音乐，时而柔和绵绵，克制低沉，时而激烈如雷，多么悦耳动听！幕布拉开，演出开始。戏里讲的都是轻浮的事情，假装呈现上流社会的社交生活和风度礼仪。情节乏善可陈——就真实性而言完全是插科打诨——本来只会招来嘲弄——最令人作呕的部分是一个假模假样的贵族从头到尾念对白——然而这样一出戏却收获了掌声。演出结束，喝彩声叫好声不断。剧院经理在海报上印着说，这出戏在伦敦也大受欢迎，还说其中一个场景再现了一位英国公爵私家客厅的模样——窗帘、地毯、帐幔，都和真的一样！我为自己乡下人的品味而感到羞愧。

在接下来上演的闹剧中，其中有个人物是一个特别顽皮的姑娘，这个角色由一位女演员扮演，她非常美艳，让我倾心。我对她十分迷恋，我发誓自己若是能再见到她，面对面和她说会儿话，就是交出整个世界也愿意。米切尔，就是我们另外那位同伴，听到我在发誓，有些惊讶，他朝科尔比使了一个眼色，告诉我说，他和那位我如此迷恋的女演员相熟，如果我乐意的话，他当晚会介绍我们认识。我对米切尔千恩万谢。

幕间休息时分，靠近舞台的包厢里的一个男子的身影吸引了我的注意（我们坐在后排）。在我眼中，他的穿着、他的气质，是那样的完美，总之，这是一位风度翩翩的绅士。我看见米切尔也在盯着他看。

“你认识他吗？”我问。

“认识。”他回答。

“美男子。”我说。

演出结束，我们走出剧院。剧院边上，有几家时髦的餐厅，里面的煤气灯透出耀眼的灯光。

“伙计们，”我的同伴说，“我们去那边，吃点生蚝吧。”

我们同意了，走了过去。

在小包厢里等候时，米切尔对其中一位侍者说：

“约翰，请给我们拿一瓶波特酒来。”

酒拿来了。

“埃文斯先生，”米切尔对我说，“你知道吗，我这个人有个癖好，就是喜欢由这家餐厅里一位特别的侍者来招待。现在，请你好好看看这位侍者的脸，然后再告诉我，我的品味如何。”

之前那位侍者听从我同伴的吩咐再次过来时，米切尔和他聊了几分钟，谈到了我们点的几道菜的烹饪细节。当那名侍者离开时，我抬头看着米切尔的脸。

“怎么，”我说，“这——这——这个人就是那个家伙！”

“哪个家伙？”

“他就是我们在剧院里看到的那位绅士！”

“千真万确，他就是。实际上，我知道他就是。”

我转换了话题。我们吃完了生蚝。

“现在，”米切尔对我说，“若是你的朋友科尔比愿意在这里等五分钟，我会把你介绍给那位女演员。”

我对那位时髦绅士的盲目崇拜已经给了我一个教训，而我的乡下生活也教会我要早出早归。因此我本应该推脱不去，但米切尔却执意要我去。

“只不过几步远。”他说。

于是我们走过一个街区，拐进一条通往剧院后台的肮脏小巷。米切尔告诉我，他有出入那里的权力（我指的是剧院，不是巷子），我俩一直往里走。

我经过了一些让我大开眼界的东西，歪斜着的地牢墙壁、城堡、用帆布制的宫殿。我们到了一个宽敞的地方，有许多人在那里闲着无事。在一张小桌子旁坐着一位女士，她正在吃芝士和厚面包片，间或从一个暗青灰色的杯子里喝东西，杯子里装满了啤酒。她打扮粗俗——她的眼睛没有神气，这是由于强烈的灯光经年累月照射而形成的，她的肤色呈棕色，而且很油腻，此时由于涂了油彩显得十分斑驳，她的脚被套在一双粗大难看的黑色鞋子里。

米切尔走到桌旁（我靠在他手臂上），和这个美人攀谈起来，并向她介绍了我。我目瞪口呆！她就是那位我爱慕的女演员——闹剧中那个淘气的姑娘！她的嗓音粗哑，像个男人的嗓音，她的举止也和嗓音一样。

交谈了十分钟，我们向这位女士道晚安，沿原路返回科尔比那里，他还在等我们。我和米切尔都没有提及此事。科尔比完全明白是怎么回事，也没有提起。

我必须承认，那天晚上发生的事情，教我学会质疑我后来所见的诸多事情的真实性，并且去反思，尽管有些东西表面看来光鲜靓丽，但仔细观看，它们就如餐馆里的那位侍者以及那位眼睛黯淡无光的女演员那般粗糙。我也失去了某种敬畏和自惭形秽带来的局促不安，而大部分乡下人，当他们来到灯红酒绿的大城市时，经常会流露出这种敬畏和笨拙拘谨。顺便说一下，这种心态和举止在旁人看来可笑，对乡下人自己也不公平。

第六章

> 奇了大怪，这两者之间的差别居然和
> 双胞胎一样。[①]

接下来的几周，我很快就熟悉了安德鲁斯办公室的新环境。他对我总是客客气气，但从未特别亲近。以我所处的情形，我也不奢望他对我分外亲近。

在朋友科尔比的关照下，我很快就适应了城里的生活。冬天过去之前，我能够一口气喝下的烈酒差不多和科尔比一样了，而且一点也没有觉得有什么不适。我的雇主安德鲁斯先生对我在工作上的表现非常满意，把我的职位提升了一点。我现在无须去处理那些卑微的小事。一个叫丹尼斯的爱尔兰人担任门房，负责生火、开关办公室门等杂事。安德鲁斯也偶尔叫丹尼斯为他所任职的金融机构办点业务。

我无须向读者诸君隐瞒我在职场这段时期的详细情况。尽管我当时还不知道，但这段时间却是我沦为酒鬼的堕落时期！理所当然的，我向安德鲁斯隐瞒了自己酗酒的习惯，白天工作时，我处处小心谨

---

① 这句诗最早出自18世纪英国诗人约翰·拜伦笔下，双胞胎在原文中为“tweedle-dum”和“tweedle-dee”，后来刘易斯·卡罗尔在《爱丽丝镜中奇遇记》中借用这两个词来称呼一对双胞胎。——译注

慎。通过科尔比的圈子，我很快就结识了一大帮人，绝大多数是和我们同样阶层的年轻人，都有着酗酒的恶习。夜里，我们常常厮混在一起，频频光顾酒吧，饮酒作乐。我们戏称自己为“红色圈子”。这个词多么贴切，读者诸君心里自有评判。

大约在此期间（我已在安德鲁斯手下工作近六个月了），发生了一件对我未来的生活轨迹有着重大影响的事情。尽管我没有再见到我的恩人李先生，但我常常感念他，经常想着有机会要报答他。有天晚上，我刚吃过晚饭，正准备回自己房间准备一下，好赶去剧院，因为我已经和科尔比以及一大帮朋友约好那晚要去看戏，这时女房东交给我一封信，是白天我不在时有人留给我的。我非常好奇到底是谁写给我的，也很好奇是怎么一回事，于是急匆匆地拆开来看。信的内容如下：

交易所，星期二　上午

亲爱的年轻朋友：

尽管近来我没有见到你，也没有机会向你表达我的好意，但我一直惦记着你。我之所以写这封信，有个重要原因，我手下一个员工最近离开了。我想他那个职位应该非常适合你。如果你乐意接受，就可以过来。薪资为 800 美元一年。

在你离开前，请提前一周向你目前的雇主说明情况，好让他有时间找人来代替你的位置。处理完那些事情后，请来见我，我会给你安排新的工作。如果你同意，请尽早给我回信。

史蒂芬·李

我欣喜若狂！不仅仅是我的老朋友要给我发的薪水比我现在从安德鲁斯处领到的多两倍，更是因为我终于有机会为我敬爱的人效劳，而不是为一个我待之没有太多感情的人服务。我立刻坐下来，写了一封感谢信，接受李先生的邀请。

说实话，我近来在安德鲁斯手下做事，谈不上让人高兴。自从丹尼斯和我们工作了一段时间，我们发现，他有酗酒的恶习，这影响到了他的工作效率。平心而论，从我这方面来说，我不能去找丹尼斯的茬，而是尽可能地掩盖他的过失。但是他的错误最终变得触目惊心，纸包不住火，安德鲁斯解雇了他。丹尼斯频频光顾一家小酒吧，那间酒吧就在我回家的一条街上，后来我经常能在那里看到他的身影。因此，我现在的工作又变得和我刚来时一样繁重。

此外，我偶尔发现，和安德鲁斯相关的一些生意显得非常可疑。在我和其他职员打交道的过程中，我也听到了一些传闻，这无疑让我对老板的品行心存怀疑。那些精通这些事的人不止一次暗示，安德鲁斯将很快被金融机构开除。还有人声称，安德鲁斯最近动用了一笔巨款，无人能说得清巨款的来源。因此，对于另寻新主这件事，我一点也不觉得难过。带着掩藏不住的喜悦，我按照李先生所说的向安德鲁斯提前说了离职的事。

几天后，吃过早饭赶往办公室途中，我看见了丹尼斯，那个被解雇的门房，他正从我前面提到的小酒馆出来。他往前走了几步，站在路缘石上，低头看着地面，整个一副落魄样。丹尼斯的境况愈来愈糟，沦落到如今这般潦倒的境地。尽管我朝他打了个招呼，但也掩饰不住对他这副邋遢样的嫌弃。我当时根本未曾想到，有一天我也会陷入和丹尼斯现在一样的境地！如果我接下来讲述可怜的丹尼斯那天随后的经历，以及前面提到的另一个人物的所作所为——这些事情后来都传到了我耳里，也许会有一个警示的寓意。

我那天一大早看到丹尼斯的时候，他正沉浸在极大的痛苦之中，这正是酒醉之后立马会有的反应。痛苦和饥饿侵袭着他的肉体，绝望、羞愧和对自己的厌恶在他胸中燃烧。他觉得自己无比堕落。他想起了许多被忽视的机会——想起了挥霍的数周时间——想起了世人的鄙夷嘲弄——还有那些上等人的傲慢态度，这一幕幕都令他感到锥心刺骨的痛。他发出一声叹息，走开了。他拐进一条小巷，如果可能的话，他想把这些烦恼都带走。

将近一个小时，他匆匆忙忙、看似随意地穿过最狭窄、最幽深的街道，因为他不想被人瞧见。这时他的胃口变得敏锐。他渴望食物，但仅仅渴望是无用的，他身无分文。可怜的家伙！在这之前的两天，他没有吃过一顿饭。他该乞讨吗？他该找份工作吗？他这副落魄样肯定会被拒之门外。然而，腹中空空，无论如何也不能再拖延了。丹尼斯闪过一丝恶念，向诱惑者[①]屈服了。他看见，在一家小杂货店里，一些面包堆放在一个桶子上。他走进去，趁老板在后排货架旁忙碌之际，这个饿昏了头的人偷了一块面包，跑了。当他出去时，杂货店的老板发现了他。看到有人行窃，老板赶忙追小偷。小偷被抓住，一名警察赶来，在小偷身上发现了面包。

于是小偷被扭送进监狱，几个小时后被传讯，然后被判刑。他被判去城外那个老地方关上几天，做苦役。

就在这些事进行的同时，在城内另外一个偏远地段，一位绅士正坐在客厅。那里的地毯华丽，窗帘透着丝般的光泽，椅子都是实心桃花心木制成。端坐在那儿的人就是安德鲁斯，我的老板。在他面前的一张桌子上摆放着一些文件。在桌子的另一侧，站着一位正欲离开的绅士，他装束优雅，带着一副高贵的表情，显出他内心的骄傲。

① 原文的tempter直译为诱惑者，意译为魔鬼或撒旦。——译注

“现在时机正好，”安德鲁斯说，回应他同伴刚才说的话，“和以往一样。此外，我们应该未雨绸缪。谁知道五天以后我们还有没有机会？”

“你还没有打算冒险。”对方回答，“交易应该在一周前就完成了。”

“你确定这件事可以在无人知晓的情况下办成？”安德鲁斯说。

“容易得很。”对方回答，“他们从不检查。”

“但他们可能会检查。”

“我告诉你，只要付给他们一笔可观的分红，他们就会永远保密。”

安德鲁斯把手指放在下巴上，失神地向下看了一会。

“你还没有决定吗？”站着的人问。

“很久以前，先生——很久以前，”安德鲁斯回答，“但这是一个危险的游戏，应该谨慎行事。”

“那么，我们该走这一步，还是不走？”

安德鲁斯抬起头，当他那双黑眼睛看到同伴的目光时，闪了一下，两人互望了一分钟。在这对视的目光中，有一种心照不宣的邪恶。安德鲁斯低下头两三次，没有说话。那一个人懂了他的意思，微微一笑，转过身，离开了房间。

当他俩分开时，若有人在场，他绝不会认为这俩不是谦谦君子——然而，这两人却是最无耻之徒。这一切都千真万确——我之前听说的有关我老板品行的诸多谣言都是真的。他欲通过诈骗这一阴谋让自己中饱私囊。他那位衣冠楚楚的同伴与他狼狈为奸。这个人来和安德鲁斯密谈。密谈的主题是通过欺骗、联手发大财的阴谋。很久以前，计划已经拟定；如今，时候近了，该动手啦！

要描述这两个歹毒之人所施行的一切的恶行、一切的欺骗、一切秘密的诈骗、一切的谎言是件痛苦的事，读来也是一件痛苦的事。这俩人施行一切阴谋诡计之时，极为小心，如蛇般狡猾。他们知道，不管人们怎么咒骂他们，法律都无法触及他们。舆论是可以收买的，人心也是可以收买的。只要是能够买的，还有什么是他们买不到的呢？

接下来的一周，诡计如约进行。泡沫破裂了！一双大手把一切安排得天衣无缝，他们得逞了。

这是一场极为可怕的风暴。没有什么收入的寡妇，年幼的孩子，失去了希望、只能苟延残喘的病人，大海上漂荡的水手，收入勉强维持温饱的渔夫，机械工，刚开始做生意的年轻人，精打细算的医生和处在见习期的修士，所有这些人，还有成千上万的人，在这家机构存了钱，因为它的破产成了穷光蛋。许许多多人损失了全部家财。有个女人，是个寡妇，是个精力充沛的乡下生意人，还是个有一大家子人要养活的母亲，她就靠做点生意来养家糊口。她带着一笔钱来到城里，这笔钱对她而言是巨款——她的全部身家和四处借来的钱。她想购买一只股票，下一个季节再把它卖掉。为了安全起见，她把所有的钱都放在机构的保险库里——结果却输掉了每一个子儿！

要弄清楚谁遭受损失完全无济于事。所有阶级、所有阶层、所有行业的人，都或多或少受到了摧残。

但是暴风雨终于止息了。那两个挑起事端的人仍然往来于同伴中间，他们腰板挺直，笑容依旧。那个黑眼睛的人刚刚在离城市几英里以外的地方建好了一座宫殿般的豪宅，规模宏大，华美壮丽。如今他给这豪宅添上了各样装饰，大耗资财，极尽奢华，穷奢极欲。这个富人在此住了下来，当他稍微习惯了这里的富丽堂皇，当这里的一切不再让他感到炫目，他决心要召开一次盛大的宴会。筹备工作有条不紊地进行，娴熟的厨子忙忙碌碌，纷纷买来奇珍美味，最精致的碗碟预备妥当。

时候到了，宾客聚齐。盛宴的主人面带微笑，环视四周，各人都坐在他指定的座位上。他们吃啊，喝啊，纵情狂欢。欢笑、友谊、满足，似乎是宴会的主旋律。

过了一会，宾客的酒杯斟满了美酒，有人提议大家举杯欢庆。一位相貌仁慈的年老绅士起身，讲了几分钟话，他确信在场的人都会赞同他的观点，随后，他高举酒杯，其他人纷纷效仿，只听他说：

“公平正义的法律啊，在我们这个荣耀的共和国，对所有人都不偏不倚。”

狂欢的众人听到这句祝酒词，纷纷碰杯，酒杯碰撞的叮当声让高耸的天花板都起了回声。然后是第二声，第三声，每一声都比人们手中的碰杯声更加响亮、更加愉悦。

就在回声渐渐消失的那个时刻，一英里以外的地方，有个人正在痛苦地扭动着，做最后的挣扎。这就是那个可怜的酒鬼丹尼斯，他因饥饿偷了一块面包，被关进监狱做苦工来赎罪。酗酒的年月把他的身体搞垮了，他无法忍受在严酷的环境下做苦工。但是他的监工毫不留情，只要这个可怜人还有一口气，他就得不停劳作。最终，他病倒了。但是谁会医治一个被关押的囚犯呢？他的身体每况愈下，很快就奄奄一息了。

那天晚上，在奢华的宴会散席、宾客们回家之前，那个被判有罪的小偷的尸体冷冰冰地躺在监狱的地板上。

第七章

酒发红，在杯中闪烁，你不可观看。[①]

在李先生的店里忙活了一段时间后，我觉得在花销上应该松点手了。我的生活方式和着装都有所改善。我新找的寄宿公寓位于上城区。像往常一样，科尔比经常来看我。到这个时候，读者朋友可能已经对我这位朋友的性格了解了几分。他绝不是什么坏人。然而他早年养成的虚浮享乐的习性，恰巧让他成了刚来城里讨生活的乡下青年的良伴。

有天早上，当我在账房处理日常事务时，一个肤色黝黑的陌生人走了进来，向我打听李先生的情况。李先生那时刚好不在，我以为这个黑脸的客人要谈的是小事情，就告诉他我的老板不在，可能要半小时以后才回来。陌生人犹豫了一会，面露忧虑之色，然后，他从胸前的口袋里掏出几份密封的文件，交到我手中。

“把这些文件，”他说，“交给你的主人，他一回来就交给他。这些东西比你想象的要重要得多，我真想亲自交到他的手里。”

“我会照您所吩咐的去做。”我说，然后把文件放到了桌子的一个小抽屉里。

① 该句出自《圣经·箴言》第23章31节。

几分钟后，我从一个同事那里得知，李先生一早就出去了，留话说要到晚上才回来。我想起了那个陌生人离别时的叮嘱，但是他走了有一会了，没法告诉他实情。也许，这些文件也没有那么紧急，我没有再去想这件事。

吃完午餐回来的路上，科尔比在大街上遇到我。

“太巧了！”他大叫，抓住我的手臂。“我们今晚去看戏，约了一些人，你一定要来呀！”

“当然要来。”我回答，“没有什么比这更令我开心的啦！”

就这么说好了，时候一到，他们就来叫我，我们一起去看戏。

那天晚上，由于主人不在，我们不像平日那样早早关店门。尽管李先生的生意做得很大，但他是一个非常注重细节的人，经常在账房待到最后一刻才离开。因此，那天我们等到很晚，邻家店铺都关门了，留下我们孤零零地开着。就在门房准备关闭之际，李先生回来了。他四处查看了一会，说自己没有必要再待在那里，准备离开。我是一个自私的人，虽然那时我想起了那个黝黑的陌生人和他的信件，但对于是否要立马交给李先生，我还是犹豫了一会，因为这样会耽搁我们一些时间。我急着回家，这样才能及时赶去剧院。然而幸好职责占了上风。

“我差点忘了，先生，”我说，“这些文件是今早有人放在这里的，他希望你尽早收到它们。”

李先生接过文件打开来。他一开始阅读，我就注意到他很感兴趣。读完一份，他很有兴趣地接着读另外一份。接着他把两封信从头到尾又看了一遍，这一遍读得更慢、更加仔细。

“埃文斯，”他说，“幸好你没有延误。今晚若是没有这些文件，我的财产将会损失一半。”

他接着向我解释，他近来在南方做了一些投机生意，却全都亏损了。那边一些和他有交往的商人对此有所警觉，他们要求李先生付给他们钱或者相同价值的货物。李先生的经纪人托人捎信，说他没有资金来满足那些商人的要求，请求主人指示。那个黑脸的南方人是位种植园园主，他来北方办理公务，第二天一大早就要离开。因此，必须采取紧急行动。

李先生立刻坐下来给他的经纪人写信，指示他在哪里、如何如何得到所需的资金。他吩咐经纪人，一旦有人索债，就立刻还清。因为他宁愿支付两倍的钱，也不愿毁了自己经商多年的好名声。写好回信、盖好章，李先生把信连同那个种植园园主的地址交到我手上，叮嘱我当晚就去种植园园主住的酒店，把信交到他手中。我答应按他的吩咐去做。然后，我回家吃晚饭。

天色已晚，我还没有用完餐，伙伴们就如约前来，准备带我和他们一块去看戏。我犹豫了一会，手上有信要送给那个种植园园主，最好推迟今晚的活动。但是我又担心同伴们会以为我不喜欢他们的陪伴。终于，我下定决心，先看完前面的几场戏，然后就去送信。

我去了剧院。演出非常精彩，大家兴致很高，个个兴高采烈，都很喜欢这些演出。由于第一幕戏是我期盼已久的，我决定看完这场戏再走。接下来是一出舞蹈，一位同伴对此大加赞赏，我决定留下来看个究竟。幕间休息非常短暂，我还没有回过神来，幕布就拉开，演员上场了，这是加演的短剧。我感觉到有点不对劲，鼓起勇气向同伴们道别，告诉他们我还要为老板处理一点事情。他们都嘲笑我，说这么晚了不可能有什么重要的事情。如果真有什么让我烦心的，他们都怀疑我可能另有隐情。于是，当他们答应说若我等到第一幕戏结束就会陪我一起离开时，我再次坐回他们身边。我知道自己该受谴责，但我没有勇气偷偷溜走。

我们从剧院出来。在去酒店的路上，要经过一间大家都喜欢的酒吧。刚一走到酒吧门口，就听到有人在那里跺脚、鼓掌，显然有什么不同寻常的事情发生。有个同伴坚持说大家应该进去瞧瞧。

“就一会儿，”他说，“然后我们再陪埃文斯。”

但是一会儿变成了几分钟，几分钟变成了半小时。最后，我们全都舒舒服服地围坐在一张桌子旁，用细长的玻璃杯灌下一杯杯香醇的液体。第一杯下肚，除了饮酒的快乐，其他事全都抛之脑后。我完全忘记了自己的职责，忘记了老板的声誉，忘记了如果我再久待一会，老板就会面临危机。我喝了一杯，一杯，又一杯。夜深了，我是那群人中喝得最凶、最放浪形骸的一个。

一团烈火在我脑中燃烧！我放肆大笑，耍贫嘴，讲些愚蠢的故事逗周围人开心。其他人也喝得醉醺醺的，他们对这些故事不感到恶心厌烦。周围的一切都是酒吧里常见的景象，我以前曾经描述过。音乐还在继续，但我们充耳不闻。人们还在交谈，骰子发出咔嗒咔嗒声，但我们漠不关心。放纵的恶魔掌控了我们全部的感官，我们都成了它的俘虏。

多么可悲的一幅景象！我们这六七个年轻人刚刚开始人生的征程，没有一个人年纪超过二十五岁，却在这饮酒作乐。我们麻痹自己的感官，放纵堕落，为世人所不齿！自那以后，我常想，看到年轻人踏上堕落之路，这是多么可怕的事！想想吧，上帝赐予我们感官，本是为要我们享受他的创造，为要对他人有益，却在一开始就失去了作用，还比不上畜生的本能有用。鲜血被酒精毒害，身体失去活力，两颊失去朝气，眼睛黯淡无光，浑身萎靡不振，这一切只为了几个小时肉体的享受，难道不可怕吗？即便这些都不说，单单想想饮酒后那烂醉如泥、瘫倒在地的丑态就够了。对于年轻人来说，酗酒吞噬了他们的根基，不仅是身体的健康，还给未来的生活烙下耻辱的印记，这一印记再也不能被抹去，也无法向他们周围的人隐瞒。

第八章

快感和激情将他们变为奴隶，
鞭打他们，
直到他们毁灭，进入坟墓，
不再起来。
哦！仁慈的上帝啊，让我知道，
你赐下的礼物，
莫要让我随意挥霍，
让我能够有资格上天堂！

——《基督徒察验者》①

读者朋友，接下来我要讲的是我人生中阴云密布的阶段。我多么想对接下来你要看到的故事避而不谈——但是对同胞的善意催促着我把这些说出来。我想，在他们面前把我曾卷入的危险、引诱我的诱惑坦诚相告，我的经历可以成为他们脚前的火炬，引导他们脱离同样可怕的危险。

我没必要在此详述我如何向恩人李先生交差，以及我羞愧不已，

① 《基督徒察验者》是于19世纪在美国发行的一份期刊。——译注

把信件交还给他的事。尽管我犯下了极大的过错，我尚未做好思想准备迎接李先生那暴风骤雨般的愤怒。我此前并不知道他这么看中自己在商界的名声，早知这点，我会小心行事。他小心翼翼地守护自己的信誉，视若珍宝。通往远方的邮件极不规律，此外，眼下即使没有什么阻碍，送往他经纪人所在城镇的信件也不会按时寄达。

尽管我意识到自己错了，但是，酗酒带来暴躁易怒的脾性，使得我在和李先生交谈时试图为自己的行为找理。我言辞激烈，傲慢无礼，李先生将我扫地出门，永不准回来。我立马离开，还说会遵他之命。

就在那一天，以及接下来的许多个日夜，我都深深懊悔自己犯下的过错。多少次我都责备自己意志软弱，害我向最微小的诱惑屈服！

眼下，我该做什么来谋生呢？必须找份事做——我不能挨饿！尽管我的薪水非常丰厚，但是我已经花光了每个子儿，除了银行账户里的一点钱，我身上连一美元也没有。在这种困境当中，相信吗，我居然糊里糊涂地跑到了狮子爪里。我偶然了解到一家二等酒店的老板需要一个酒吧服务员，那家酒店我以前经常去。我申请了那个职位，经过一番商议，我被录用了。但是我在那里的所见所闻，以及我的职位要求我去做的事情，即便心肠坚硬如我，都感到厌恶。两周后，我离开了。

在那里工作期间，我目睹许多事情，要是我还有判断力的话，这些事情一再向我发出警告，提醒我酗酒的危害。酒吧里有位顾客，是个年纪很小的男孩，他几乎每天晚上都会带着一个小罐子来，然后把罐子盛满白兰地。我从未问过这个孩子，但是从他的举动中，我已经猜到了他这样做的缘由。他的父母当中必有一个是酒鬼！他们的住处离酒馆很近。有那么两三回，当酒吧里其他客人对那个小男孩粗暴无礼时，我友好对他，那些人都是因为喝了白兰地而脾气暴躁。

有天晚上，我歇工，于是去剧院看戏，用这种我最喜欢的娱乐方式消遣。我回来得很晚，穿过一条狭窄、肮脏的街巷时，有个男孩过来，用一种哀怜的声音向我讨钱。他说他需要钱买面包。我发觉这声音似曾相识，于是仔细看了看孩子的脸，发现他就是我的小熟客，那个常常带着罐子来买酒的孩子。只是近来我很少见他光顾酒吧。我温和地对他说话——可怜的孩子，显然不习惯这种突如其来的友善，哇哇大哭起来。我越发好奇，问他到底是怎么一回事。孩子承认，他并不是需要钱买面包，而是想买酒，为他的妈妈买酒！

“我不知道什么在折磨她。”可怜的小家伙说，“但是她今晚举止反常，我从未见过她这样。”

“她住哪儿？”我说。

“离这不到一个街区。”男孩回答，“先生，你愿不愿意过去看看她？她病了好长一段时间了。”

我想这也没有什么要紧，就在孩子转过身去为我在前面带路时，我瞥见了那个小小的红色酒罐，就在他的夹克下面。他带我走上一段脏兮兮的、摇摇欲坠的门廊，走进一扇同样脏兮兮的大门。冒着个人安全的很大风险，我终于到达了阁楼上一个房间的门口。男孩说，他的妈妈就躺在里面。他打开门，我俩走进去。我从未到过一个如此脏乱差的地方！屋子里的家具，如果说那些是家具的话，不知是从什么鬼地方捡来的。女人躺在角落的一张床上，那床污秽不堪，是用羽毛和脏兮兮的破旧衣物拼凑而成的。另外一个角落里躺着一个小女孩，那是小男孩的妹妹，她睡着了。屋内没有火，也几乎没有光。炉石上一截烧了一半的油脂蜡烛闪烁的微光，投射出怪异、朦胧的光影，映照得室内更加沉郁凄凉。我站在那里，看着这幅景象，然后，我走近妇人，低头看她。看到她的第一眼，我就明白过来，她快要死了！我惊恐万分，从床边退了回去，有好几分钟，吓得一动不敢动，大气不敢出。

每隔一会儿，妇人都会难受地翻身，从床上坐起来一点，四下张望，望得最多的是小女孩睡觉的地方。我那小小的向导蜷缩在我脚边——他大概也明白了，死神即将来临。妇人再次坐起来，然后又无力地陷回去。她那微弱的呻吟声在屋里回响。可怜的人啊！她一副造孽的样子——毫无疑问，她既可怜又可恨。我看见她脸上流露出不安的神情，也许，她正万分悔恨，这正是不安的原因。但是，在所有的苦痛中——在盘踞在脑海的黑暗记忆中，它们像寂静午夜的恶魔折磨她——在对大限即来的忧虑和恐惧中——在眩晕、干渴和痛苦中——有个念头胜过一切——那就是母爱。她用沙哑的嗓音低低呼唤：

"玛丽！"

无人应答。她又叫了一声，垂下了头，一动不动，看看女孩有没有听到她的声音。熟睡中的女孩发出安静、均匀的呼吸声，是打破这可怕寂静的唯一声音。我和小男孩都吓得不敢动弹。低低的呼唤声再次响起，比之前的更加令人毛骨悚然。

"我的女儿！"

这个沙哑的声音似乎回响在其他声响中，像是环绕着屋子，从墙面上方的角角落落倾泻下来。这个濒死的被遗弃者以为她看见了许多面孔、没有躯壳，带着嘲弄般狰狞古怪的笑。她从床上坐起来——恐惧给了她力量——她惊恐茫然，四处张望。当她的目光朝我和我跟前的孩子射过来时，我吓呆了，像雕塑一般立在那里。她用一只虚弱的手抓起一堆当作枕头的烂布，颤颤巍巍地把它捆扎起来——就在我失神看她做这事之时，她把那东西朝我砸过来！我吓得魂飞魄散。

妇人显然失去了神志，因为可怕的时刻临近了。

"噢，杰克！"当她看到我跟前的小男孩时，大声叫道，"到你可怜的妈妈这里来！"

我扶起孩子，要他听她的话。孩子被她可怕的模样吓坏了，哆哆嗦嗦地慢慢靠近床边。

“宝贝，靠在我脸上！”她说。

可怜的孩子默默照做。女孩还在熟睡。此刻，奄奄一息的妇人已经躺下，她的嘴半张着，呼吸的时候，下巴不由自主地抽动。她脸色铁青，挂着大滴的汗珠，双眼朝上翻。显然，她在和死神做最后的较量。

这可怖的一幕吓得我不敢做声，不敢乱动。我所讲述的都是瞬间发生的事。确确实实，从头到尾，我在那间屋子，待了不过十来分钟。女人的一只胳膊，尽管渐渐没有知觉，但还是环抱着她的孩子，把他搂得越来越紧。一个像微笑一样的表情浮现在她脸上，这是死亡之笑。她想说点什么，但力气越来越弱，说不出来。从她的表情和微弱的手势看，她想让男孩叫醒妹妹，把她带到自己跟前。她可能意识到自己的时间不多了，自己可能会在熟睡的孩子完全醒来之前死去。她苍白的嘴唇动了动——动了动，仅此而已。

“我们在天上的父！”传来有气无力的声音，“愿人都尊你的名为圣——愿你的旨意行在地上，如同行在天上——免我们的债，如同——”

这个忏悔的罪人的脖子晃了晃，发出一阵可怕的咔咔声。

“免我们的债——”

她的喉咙哽住，仿佛有风有水在里面。

“免我们——”

随着这沉闷的声音，她的头慢慢垂到一边。她的手臂松开了。这个有罪的人躺在那里，成了一具尸体。她临终前的祷告还来不及说完。她那不朽的魂灵从那具无用的躯壳当中出离，飘荡着前往那陌生之地。

第九章

她的倩影，

萦绕我心，

让我流连，

不舍离去。

——托马斯·韦尔斯

自从我离开乡下，两年多时间已经过去了。读者诸君，我接下来要讲的故事，若不是有一种要把我所有的经历完完全全说出来的决心，否则任何情况都不会让我开口。在我们的某些哀伤中，有一种神圣不可侵犯的东西，这种神圣让我们的哀伤免于遭受世人粗鲁的目光。我年少时所娶的妻！我年少时所娶的妻！原谅我！

当我辞了酒保的工作（为何辞职，原因我已经说过了），我觉得有必要换一个便宜的住处。有天，当我走过一条安静的街道时，我注意到一栋朴素、干净的木屋，门上挂着一个“招租”的招牌。我过去打听，发现可以入住，于是立刻就搬家住了进去。其他的租客比我从事的工作还要卑微，但我很快就在此发现了一个吸引我的人，弥补了这里一切的不足。

我的房东是个寡妇，有个独生女儿，名叫玛丽。玛丽是一个谦卑、温柔、甜美的姑娘。住进屋子还不到一个星期，我就爱上了她。我不想在此详述我俩情感的发展，因为我俩彼此相爱。寡妇对我此前的酗酒恶习一无所知。实际上，在我和她同住期间，我已经戒除了过去种种放荡的恶习。

六个月过去了。搬进新住处以后，我很快就在离住处不远处的工厂找到了一份新工作。尽管我在那里要做苦工，而且因为不熟悉业务一开始薪水很低，但我很快就越做越好，薪水也涨了。此时寡妇病倒了，她体质虚弱，她的女儿也遗传了这点。患病不到两周，寡妇就永远地离开了这个世界。

可怜的玛丽！她母亲去世之后，我从未见她这般悲痛欲绝。她寄希望于我的扶助。毫无疑问，慈母的去世让她想寻找一个可以依靠的人，这个人，纵然有一身缺点，却真心诚意地爱着她。

她母亲去世之后，她和我结婚了。世上再也没有比这对夫妇更加幸福的佳偶了。因为，我拥有了一个任何诱惑无法引诱我去践踏的至宝，我彻底改过自新，不再光顾之前那些灯红酒绿的场所，而玛丽，她是最勤勉持家、节俭质朴、善解人意的妻子。我可爱的玛丽！啊，就在我写到这里的时候，泪水落在了纸上——尽管我曾经是个混蛋，但我也并非铁石心肠，我的妻子是上帝所造的最好的女人。她没有接受过构成所谓的上流教育中的任何一门学科，但是，比起一切抽象的学识或是寄宿学校教导的彬彬有礼的教养，她所拥有的要胜过百倍。她有一颗温柔善良的心，脾气温和，对真理孜孜追求，心地慈悲，能够去宽恕他人的过失。在他人贫寒之时能够竭尽所能伸出援手，在他人伤心哀痛之时能够给予安慰。

日子一天天过去。我们虽然是贫贱夫妻，但日子过得还算滋润。我们不知道什么是债务。除非我们有支付能力，否则我们从不乱买东西。我说我们，是因为我的妻子虽然是一个温柔的妇人，但是我从未不与她商议就单独行动。我们之间没有彼此之分。

但是，大约在婚后一年，一条毒蛇闯入了我们这座小小的伊甸园！野心——那让男人痛苦的毒药，摧毁了安宁，让心满意足的心田枯萎——野心闯了进来。贫贱的生活，也许，给了冲昏头脑的激情许多可能，如同召唤充满激情的拿破仑向前的机会一般，又如抛给运筹帷幄的政治家的前景一样。尽管穷人的目标看起来渺小卑微，但是穷人也一样勇敢逐梦，追逐梦想的过程中充满了无数次的怀疑、起伏和狂热，如同将军或内阁成员追逐目标一样。

在我工作的工厂，其中一个老板在城里非常繁华的地段拥有一些空闲的地块，他建议我从他那里购置其中一块地。我眼前立刻闪过这样的画面——拥有一栋属于自己的房子，成为一个有产业的人。这种独立的身份正是我想要的，于是我答应了。由于条件相当优惠，我并没有发现这桩买卖有什么问题。随后不久，我发现自己有机会借到足够多的钱，在那块地上盖起一栋好房子。然而，一方面由于运气不佳，一方面由于判断失误，房子盖到一半的时候，我们的经济出了问题，我无法继续让房子完工。我们——我的妻子和我左思右想，我们忧心忡忡，盘算来盘算去。在此期间，我的债主们纷纷有所察觉，要求我们还清欠债。要不是为了救命，我也筹不来钱。债主们不依不饶，夺走了我仅有的一点资产，强行贱卖，我构筑的幸福梦想一下子灰飞烟灭。我的房子，还未完工的房子，卖的那点钱还不及我花费在它上面的四分之一。我又羞愧，又失望，几近发狂。

然而，我们本来可以过上幸福的生活，本来可以东山再起，击败厄运——但是伟大的造物主有着那深不可测的智慧，为了借酒浇愁，我又开始频频光顾之前那些酒吧。我被风暴压垮了，又回到了老路，我那可怜的妻子根本不曾怀疑过嫁错了人。

我清清楚楚地记得，那个晚上，我回到家，我妻子第一次发现她把后半辈子的幸福押在了一个酒鬼身上。她熬夜等我回家，等了好长时间，直到午夜过后，实在力不可支。她的头伏在桌上，睡着了。我关临街大门的声音吵醒了她，她立刻起身迎接我，询问我晚归的原因。哎！她手上的那盏灯清清楚楚地显明了我晚归的原因，这个痛苦、可怕的真相就是我醉酒了！我喝得醉醺醺的，看到她刹那间脸色惨白，满脸憔悴，我惊醒了。她几乎跌倒在地——她是如此伤痛！

致命的恶习卷土重来，来势比之前更加凶猛。我对生意不管不顾，很快，对妻子的安慰也无动于衷，甚至，对生计所必不可少的一切，我也无暇顾及。昔日的爱去了哪里呢？往昔的柔情蜜意、山盟海誓去了哪里呢？啊，读者朋友，酗酒摧毁了爱的回忆，这是它带来的最可怕的后果。回想早年的感情，那些心心相印的温柔甜蜜，想想这一切，仅仅为了口腹之欲就尽数被毁，就足以让人感到伤痛不已！

当我在此讲述这段经历之时，我心痛不已。我想起了我那可怜的爱妻遭受的痛苦，想起了我对她的冷漠无情。我根本不在乎她的安慰，完全不顾及她的死活。我以为自己从未对她施以暴力，但唯有上帝知道，在我发酒疯时，我对那个温顺谦卑、逆来顺受的人儿说过什么。是的，我清清楚楚地记得，多少次我四仰八叉地躺着，她俯身下来，她多么痛苦啊，她的热泪滴落在我浮肿的脸上；我清清楚楚地记得，我的名声越来越坏；我清清楚楚地记得，我那可怜的玛丽的面庞日渐消瘦苍白——她奄奄一息，这是她无声的抗议——我的行为最终害她丢了性命；我清清楚楚地记得，那些无情无义的邻居的冷嘲热讽，昔日朋友的避而不见。沉沦——日复一日地沉沦，直至最后跌进至深的深渊——这一切都在我的心头燃烧。哦！多么令人难以忘却的记忆！

终于，悲剧的最后一出戏闭幕了。我的爱妻，日日哀伤，无法再忍受愈来愈多的重担、羞辱和苦楚，离开了这个世界，成了我这个酒鬼无辜的牺牲品。哦，那个肃穆的——她临终前那个肃穆哀伤的时刻！感谢上帝！那一刻我是清醒的，我得到了她的原谅。玛丽去世的时候，我并未放声哀哭，因为我的喉咙已经焦干，泪水早已枯竭。我发疯一般地冲出屋子——我什么都不知道，什么都不在乎了。我的胸中翻滚着地狱。我一切的残忍——一切的爱——一切的罪孽——对神圣关系的一切满不在乎——全都集中在一念之间，这念头像是一座燃烧的火山，压在心头。

已是夜晚。我像疯子一样在大街上奔走。尽管路人侧目，我仍不管不顾，继续奔走。我能做什么挽回一年的时光呢？有那么一刻，我确实想过借酒消愁，浇灭所有的痛苦，但当这个念头一闪过，我就熄灭了它，尽管这个想法在我心底升起。此时此刻，我想起了玛丽对我的温柔，想起了她无尽的照顾、关怀和爱；此时此刻，我想偿还她的想法填满了我的心胸。

就在我漫无目的地在街上狂奔的时候，我路过了一家酒馆，过去，我常常光顾那里。门口站着一个人影，正在和一群同伴交谈。在朦胧的灯光下，我想我认出了这个人。下一刻，他转过身来，他的脸被煤油灯照亮了。我的猜测是对的——这正是科尔比。我一下子涌起一种强烈的反感，我想起来，正是这个家伙引诱我走上歧途，正是他诱我犯下种种过错。我朝他所站立的地方扑过去。

“魔鬼！”我怒火中烧，大喊起来，一把紧紧抓住他的喉咙，“你把一个人害死了，我情愿自己替她忍受那折磨！你要用你的烂命来抵债。去死吧！混蛋！就死在你引我上邪路的地方！”

我死死地卡住他的脖子。一旁站着的路人，又惊又怕，吓得一动不动。这样要是再过上两分钟，我就会在我所犯的罪行中添上谋杀这一项。幸运的是，不管对我，还是对我的受害者（他也曾把我当作受害者），路人们很快恢复了神志，过来阻止我这个残忍的计划得逞。他们把我从他身上拖开，把他从濒死的险境中解救出来。因为，苍天在上，再给我三分钟的时间，我可能就会杀了他。

第十章

从古至今，劝人勿饮烈酒本来是那些自己对酒涓滴不沾的雄辩家们扬扬得意的话题，而且也引起了那些只会喝水的论客们的大声喝彩。不幸的是，他们的话对那些亟待挽救的受害者本人又往往收效甚微。然而，饮酒之道却是世所公认，纠正之道也很简单：戒掉就是。没有什么力量能够强迫人违背自己的心愿举杯痛饮戒酒，就像一个人不偷盗、不撒谎一样容易。

——查尔斯·兰姆[①]

接下来的日子，除了无尽的哀伤和悔恨，有个念头牢牢地占据了我的心。那就是离开这座城市，这座我来了却在此偏离正道、丢失幸福的城市，去到一个新的地方，去到陌生人中间，缓解伤痛。读者朋友可能会猜想，经历了我在上一章所讲的变故之后，我肯定下定决心不再过那种堕落的生活。我的决心究竟维持了多长时间，在随后的章节中可以看到。我变卖了全部家当，收回了一些外债，发现手头有

① 查尔斯·兰姆是英国十九世纪著名散文家，曾以笔名“伊利亚”发表作品，代表作有《伊利亚随笔选》，该作品被公认为英国随笔散文的典范。以上片段选自《伊利亚随笔选》中的《酒鬼自白》一文，以上译文引用刘炳善先生译文。——译注

一笔不菲的钱财。我不知要去哪里飘荡。我离开纽约，搭上一条蒸汽船，去到三十英里开外的一个小镇。我在那里待了几周，最终厌倦了小镇的单调无聊，开始前往内地。经过一天一夜的奔波，我在一个地方停歇下来。第二天早上醒来后，我发现自己很喜欢当地的景致，决定暂居于此。

我向酒店老板透露了自己的想法。我告诉他我手头有一小笔钱，问他是否有什么生意可做。他看起来非常友善，告诉我说，他自己正在做投机生意，这生意非常安全，利润丰厚，需要一位合伙人的支持。他告诉我，若我能与他合伙，我的钱会翻一番，而且也不需要做什么事。这个人说得非常中肯，他的项目似乎可行。于是，那天晚上，几杯酒下肚，在他的客厅，我俩签署了一份协议。我发现，事实上，我没有什么要做的。闲暇时分，我爱在附近的乡间游荡，在乡野运动。

尽管我并不像之前喝得那样放肆，但我绝非滴酒不沾。下午时分，尤其是在晚上，酒店满了访客，我沉浸在酒中——这些酒美味醇香，但却让成千上万人走上酗酒这条堕落之路，最终沉沦。喝酒的时候，我并不付钱（酒店老板和我有共同的账户），所以从来就没有想过开销这回事。

我说过，我自娱自乐的方式之一就是在附近漫步。有次散步之时，发生了一件事，我在其中所做的稍稍弥补了我曾经因为脑子糊涂对身边的人做过的许多恶。在我居住的乡村，有一条铁路通过，火车通常会停下来十到十五分钟。离站点不远处有一个磨坊，这个磨坊从一个大池塘中取水，池塘沿着一个水坝，水坝上有几个水闸，上面覆盖廊桥，这是一处风景宜人的地方。磨坊主是一个聪明的乡下人，他喜欢我光顾他的地盘。

一天，火车到站，乘客被告知当日火车停留时间比往日要长，于是一些人决定出站闲逛。人群中有位女士，她着装优雅，牵着一个六七岁的小女孩。这位女士显然非常喜欢池塘和溪流附近的景色，她在大坝上漫步，不时停下来欣赏眼前的美景，时而采撷岸边大片大片盛开的鲜花。就在她在我前面提到的那些窄桥上休息时，小女孩踉踉跄跄地走下河岸，想去摘一朵吸引她眼球的鲜花。那个时候，我正靠在磨坊的门上，百无聊赖地看着站台处熙熙攘攘的人群。突然，传来一阵尖叫声！那位女士站在大坝上，一副惊慌失措的样子，大声叫喊着救命。

“她快要淹死啦！看在上帝的分上，快来救救她！”她朝我大声呼喊。听到她的喊叫声，我一惊，飞奔而去。

我一眼就明白发生了什么事。那个伸手去摘花的小女孩，失去了平衡，跌入了池塘。我匆忙脱下衣服和鞋，跳进池塘。幸运的是，我是一个游泳好手。从那一边来的水流非常湍急，我知道孩子一定是被冲到了远处。我从水中一跃而出，瞥见了一根发带的末梢，于是朝那个方向游过去。就在女孩正要下沉之际，很有可能她这一沉就再也不会浮上来了，我一把抓住了她。我把她安全带回岸边，交到那个快要急疯了的母亲手中。

叮咚！叮咚！火车铃声响了，召唤乘客集合，准备上路。那位母亲一边抱着孩子匆匆赶往站台，一边语无伦次地对我说着感谢的话，她恳求，若是我去纽约，一定要去她的住处见她。当她在车上坐好后，她从窗口扔给我一张名片，上面有她的姓名、街道住址和门牌号。在她一连串的感激声中，火车疾驰而去。当我慢慢走回暂居的客栈，回想刚才发生的事，我感到心满意足，因为我行了一件善事。

接下来的几周，我无所事事，又贪杯饮酒，借酒消愁。我醉倒过两三回，最终，哪一天若是没有在晚餐前喝上五六回酒，没有在晚餐和临睡前喝上比这更多的酒，我就会觉得这一天少了什么。对于我曾经戒酒的决心，读者朋友会如何看待呢？自从我那可怜的玛丽去世之后，我就和自己订立了一个协议，除葡萄酒外，其他烈酒一律不沾。虽然我坚持了一段时间，但很快又回到了老路，沉浸在烈酒当中。倘若我找份事做，充实自己，或许还能遵守约定，最终能完全改过自新。但是，无所事事乃罪魁祸首！那段时间，我沉浸在杯光酒影中，想把一切都忘掉。

读者朋友，或许你会鄙视我。要是我此刻在你身边，我会看到那轻蔑的神情，那噘起的嘴。噢！请你停下那些仁义道德，请你怜悯同伴的软弱！我想和温柔的伊利亚[①]一起请求你，尽管你不赞成喝酒，但在此事上你应该抱有同情心和宽容。和伊利亚一样，我也想说，切莫践踏人类的尊严。也许，你们会说，开始戒酒，然后习惯成自然。但是倘若戒酒之初就糟糕透顶怎么办？第一步，即便不像攀高山，也像过火海那样艰难怎么办？整个身体机能必须经历剧变，就像某些昆虫变形那样猛烈怎么办？整个过程像活活剥皮那样痛苦怎么办？我认识一个处在这个阶段的人，他试图戒酒一晚，尽管那害人的毒汁早已停止了最初的诱惑，尽管他也知道，那毒液非但不能减轻自己的苦闷，反而只能愁上浇愁。在痛苦的挣扎中，为了摆脱那烦躁不安的状态，这个人居然大喊大叫，因为他身心都在痛苦地煎熬。也许，有许多这样的人，酒精从未在他们身上施加过影响，他们在此会嘲笑一个软弱的弟兄，后者用尽全力尝试戒酒却败下阵来，还劝诫前者说如此痛苦的戒酒非常危险。对于这类嘲笑他人之人，我在此白费口舌。我的话只说给完全不同的一类人，说给有点神经质的弱者——他们觉得在社交场合需要借助一点人为的刺激，才能将情绪提到周围人的水平。他们最要紧的是赶紧离开爱宴乐的同伴，倘若他们不想终身陷入

① 此处指查尔斯·兰姆。——译注

痛苦的话。

有一次，我在一家僻静的酒吧看见一个人正在饮酒。我熟知他，他颇有美德，在纽约城声名远扬。后来我才发现，他无法抑制酗酒的恶习，或者说不得不沉浸在前面所说的可怕的竞赛中。他生性急躁、软弱，尽管他知道酗酒的恶习正在偷偷将他火速送往坟墓，但他在痛苦的考验面前畏缩了，胆怯了。他曾不止一次戒酒，但是，他无法战胜自己。如今，尽管我相信自己能通过“光荣戒酒宣言”和上帝赐给那些诚心诚意要走正道的人的力量来戒除酒瘾，但我知道，我提到的这些人必须要经历怎样可怕的痛苦。读者，倘若你自己不是这类人，你无法想象那些试炼。酒瘾不仅让烈酒成为酒徒享乐的必需品，他们做任何事也离不了酗酒。酒精让他们的感官昏暗，并提醒他们，他们顷刻间就能溃败。

纯洁高尚的人看不起曾经我这样的酒徒，看不起现在的千万个酒鬼。他们能不能看看我们的心灵深处，看看那痛苦的痉挛——多么可怕的噩梦——这一切，常常驻扎在我们痛苦的内心。我知道，嘲笑可以转变为怜悯。谴责其他人的软弱并不妥当。让我们拥抱彼此的软弱，努力在好品行和正道上彼此扶助，这样才是对过错的宽宏大量态度。酒鬼纵然卑贱，毕竟是人。属于我们人类的美好才能、高贵印记、伟大的造物主在自己杰作上烙下的美好品德，仍然在他里面。这些能力、印记、品德并没有被毁灭，而是隐匿在黑暗之中，就像陷入污泥的珍珠。真正睿智和善良之人的目标就是要扶助他起来，让这些人性的美德重新发光，给酒鬼一个再次在社会上立足的机会。一旦彻底改过自新，旧日的嘲讽中伤就像一根矗立在他面前的火柱[1]，提醒他切莫再次滑向堕落的深渊。

---

① 《圣经》中上帝通过云柱和火柱引导以色列百姓在旷野中行走。——译注

因为我见过许许多多无可救药的酗酒者，他们之所以沦为不幸的受害者，完全是亲友邻居不近人情、态度严苛造成的。亲朋好友根本就不知道，捆绑酗酒者的锁链有多么强大，他们也不知道，当一个人没有平日习惯了的酒的刺激，那样的时刻他有多么恐惧，他们对酗酒者极尽蔑视之能事，言语刻薄。也许，只需要在合适的时机，语气温和柔缓，给予一点点友好和同情，就会让酗酒者的性格发生完全的改变。然而，这样的事没有发生，于是可怜的酗酒者日渐堕落，直至无药可救。我就知道这样一个例子。

当我和叔叔住在乡下时，最受众人尊敬的邻居是一个年轻的农夫。他新婚不久，和他的妻子来城里定居。他购置了一小块田地。偶尔农活忙的时候，他会雇我去帮忙，我叔叔也同意。就在我帮他干活的这段时间，我对我接下来要讲的事情有所了解。这位邻居名叫范宁。

在我们那个地方，到了夏天，收割干草和第一季谷物的时候，装满烈酒的酒罐会被带到田间地头，供做工的人们饮用。所有的村民都心照不宣地认同这一传统的好处，这令我困惑不解。如今，医生，不只是医生，所有有常识的人都知道，醉人的酒非常伤身，不适合在干体力活时饮用。酒会耗损人的精气，使身强力壮的男子醉倒在地。一时冲动让人享乐一时，但是，却引起很长时间内十倍的精力耗损。尽管这一点千真万确，然而，在范宁和他的同乡那里，田间饮酒是习以为常的事。

范宁有个哥哥，中等年纪，彬彬有礼。他有一小块产业，还投资股市，从中获取一点收益。一年中有段时间，他在附近的村子里做老师。

我认识这个人，也很喜欢与他交往。他性格安静、温和。不管走到哪里，他都爱交朋友。我记得他的神情，还有他独有的一些特点。

他个子不高，有一双明亮的黑眼睛，头发长且富有光泽，常常垂落到肩膀。尽管其他人总喜欢叫他“小先生”，但是在邻里举行的欢庆活动中，他的笑声总是最灿烂的，他的嗓音也是最响亮的，他从不缺席这类活动。他经常穿一件宽松的夹克，这是他的风格。他的体型和少年人的穿着让他看起来根本不像一位教员。

当他不上课的时候，他经常来帮弟弟干农活。在收割干草的季节，他常常到田间帮把手。我们总是非常欢迎他的到来，因为他带来欢声笑语，让大家都很开心。

“范宁先生，”有一天，有人说，“如果你和我们一起工作，就应该和我们一样。酒罐传到大伙手里，每个人都喝，就你不喝。”

“那么，需要这样吗，”教师大笑着说，“我喝一口酒，和其他人扯平。”

“那好啊！”其他人附和道，“那好啊！”

“好吧，”范宁说，“那就喝一口。”

他喝了一小口酒。

上述对话原本只是当作笑话说说，这是做工的人们在工作间隙玩乐起哄。但是，对于这个可怜的教师来说，这个笑话是致命的。

第二天，大家又起哄，范宁又喝了酒。我没有必要在此详述他如何对起初极为反感的酒上瘾这件事。然而，显而易见，一切都可以追溯到在那个丰收的田野上那次偶然的邀请。夏天结束前，他可以心满意足地喝下两三杯，还成了酒馆的常客。

我在此详述导致教师酗酒的缘由，因为我相信这绝不是一起孤立的事件。无疑，许多阅读此书的读者可能亲眼见过炎炎夏日之下田间地头这一饮酒的风气，甚至亲口喝过田间的烈酒。因为这一陋习，尽管有悖于关于审慎的教诲以及常识，但绝非骤然而成。

这名教师，正如我所说的，沾染上了喝酒的习惯。像往常一样，那年冬天，他在学校里教书，但在学期结束前，他不止一次醉倒了。

夏天又到了。害人的罐子又被带到了田间，范宁酒不离口。他没有哪个星期不醉上个两三回的。我曾亲眼见他倒在草垛旁，失去知觉和理智，像个牲畜一样躺着，而不像个人。他一直和我很亲近，也常常听从我要他回家或是戒酒的劝告，而对于其他人，他总是口出恶言、固执不听劝。

"弗兰克！"有天他从狂饮中清醒过来，对我说，"我真是一个坏蛋，一个蠢货——如果再这样发展下去，我会变成什么样呢？"

我没有答话，尽管我很高兴听到他这样说。

"是的，"他继续说，"绝不能这样。我不能——我不想让自己变成酒鬼。这个想法太可怕了！"

一个好决心，一旦立定，很有可能违背，这是千真万确的。但是引发决心的反思对于改进是有益的。如果常常反省，十之八九这种改进就会最终有效。

当教师对我说以上这番话时，我和他就坐在他弟弟的公寓里。我们起身，去到客厅，范宁弟弟的夫人正在那里做家务活。

"我的兄弟在家吗？"教师问。

妇人没有回答。范宁又问了一遍。

"如果他在的话，"妇人回答，带着一丝冷笑，"他也不想见到一个酒鬼！"

教师什么也没有说，而是在一张靠窗的椅子上坐下。不久，农夫进屋了，但是并未看这个此时已经清醒的醉汉一眼。他带着一种傲慢的神情扫了屋内一眼，仿佛在说，我真希望不要和你有任何关系。

我站在门边，正欲离开，我不由自主地同情我这个可怜的朋友，他被身边最亲近的人如此蔑视。诚然，他做得不对，但他们也不应该这样无缘无故地伤害他。他从椅子上起身，我们一起走了出去。我看得出来，他非常烦躁不安。我俩在路口分开，我继续走我的路，这时，我向上天祈祷，祈求他刚刚对我说的那番理智的话继续在他心里扎根。

毫无疑问，要不是被弟弟和弟妹如此轻蔑对待，这位教师的自我反省会让他改过自新。但是，他孤独寂寞，心灵萎靡，又回到了酒吧。那天晚上，他喝得更猛，比之前醉得愈加厉害。农夫和妻子被他的行为激怒了，不再对他以礼相待。他们只是憎恶他在外面流浪，这才没有完全把他扫地出门。

“哦！”许多次他都对我说，“要是我的家人对我还有一丝好意，让我可以安然停歇，我或许还有救。但是我的兄弟和他的妻子态度冷漠、言语轻蔑，伤透了我的心。比起喝酒带来的痛苦，这些更加伤人！”

在他清醒的时候，二十遍，这番话他至少对我说过二十遍。我毫不怀疑这是他的真心话。

现在，他所有的朋友都离弃了他。我想，在他朋友的心中，和他来往丢他们的脸。他们在大街上宁愿绕道而行也不愿见到他，他们不准他再踏入他们的屋子，他们对他横加指责，傲慢无礼。当然，他也不可能回去当老师了，那些曾经喜爱和尊敬他的孩子，如今都嫌弃他。他对我说，这才是他所受的最痛苦的惩罚。

我坚定地认为，尽管他如此堕落，如果他的朋友抓住机会劝慰他，如果他们把他当人来看，而不是当畜生对待，他本来还有重新做人的机会。但是他们并没有这样做。他们的尖酸刻毒让他自暴自弃。他们完全忘记了人与人之间应该彼此帮助和扶持，他们本来应该宽以待人，因为我们都是罪人。凭良心说，范宁的亲戚朋友难道就对他的酗酒和死亡没有责任吗？

这位老师本来体质就差，禁受不住常年酗酒带来的恶果。接二连三的饮酒放纵使得他的身体每况愈下。

自从他在丰收的田里从罐子里喝下第一口酒，三年时间不到，他就奄奄一息，躺在病床上。咽下最后一口气时，他说，每当他心中燃起改过自新的想法，都会遭到傲慢的亲友们的嘲弄鄙夷，令他的想法熄灭。若非这样，他这可怜的一生或许还有救。

第十一章

无论何时你遇到一个人，
要好好待他，
请记住，他是你的邻居，
你的弟兄，你的儿子。

——无名氏

我在村子里待了约莫五个月，有天早上，我想起来，该和房东去算一下账了。自从我将资金托付他以来，就几乎没有听说我们合伙买卖的情况。我想，到了这个时候，我应该赚了一大笔钱了。

当我向房东提起此事，他欣然同意，说自己这一两天来一直想和我谈这件事。我们随后去了他那间僻静的小客厅，他拿出记账簿，开始计算。他告诉我，我如今的所得不超过一百美金，我大吃一惊。起初，我还以为他是在开玩笑，笑话他算错了。哪知他神情严肃地把账目推到我面前，要我自己看。我大惊失色，核对账目，我看到，有一栏，就是喝酒那一栏，加起来的花费比我原先交到他手里要他帮我盈利的本金还要多。我怒气冲冲地质问他，他是否真的认为我要承受这明摆着的不公平。他厚颜无耻、冷冷反驳，倘若我要拿回赔偿，可以尽早行动。他还说，要不是他慷慨大度，他向我索要的喝酒费用比现在还要高得多。

这个人是个大骗子——这点毋庸置疑。但是我是否有机会要回我的钱还是个未知数。当天，我咨询了一位律师朋友，发现我的情形确实堪忧。我认为，房东本人曾向这位律师谈过此事。当我回到住处时，又气又恼，满怀怨恨，我向房东直言相告，说他行为卑劣。他却反唇相讥。我的脾气上来，把他打倒在地。我跑出屋子，发誓再也不要在这个该死的地方多待一晚。

我身上有一点点钱，于是我立刻出发去纽约。不到一个小时，我就已经上路。反复回想发生的事，我气恼不已。我被骗了，上了恶棍的当，而这个恶棍我曾视为朋友，这滋味真是糟糕透顶。此外，我意识到，自己应为自己的粗心大意而受责罚，毕竟，我缺乏清醒的头脑，这才是厄运的根源。

旅程的后半部分，我搭上了一条蒸汽船。当第一缕阳光映照在东方时，我们的船停泊在码头，我上岸，来到城里。四年前，我来过这里，那时我还是个懵懂无知、纯真正直的乡下小伙。我褪去了土里土气的外衣，这一切却是拿纯金换渣滓付出的代价！

可想而知，对于该怎样生活、怎样谋生，我没有任何计划。我走在大街上，那里离上岸的地方只有几步远，我的眼睛被装满酒的诱人瓶子给勾住了，它们正整齐地摆在一间酒吧里。酒瘾上来了，我向这致命的冲动屈服，走进酒吧要酒喝。此时，我喝开了，不再觉得反感。酒吧里有一些快活的家伙，我和他们攀谈起来。不一会儿，我们都喝得大醉。

对于当时的情景，我现在记忆模糊，一想起来，就令我反胃呕吐——狂喝滥饮，放纵堕落到极点。我接连喝了几天，我也记不清了，也许是五天吧，我酩酊大醉，没有一刻是清醒或近乎清醒的。

终于，我醒了。那是在日出之前。我躺在地上，在一个伸到河里的码头上。身体一侧是一堆高高堆起的木头，另一侧，我听到了河水拍打码头的声音。空气冷冽，但清新香甜。那该死的痛苦折磨得我头痛欲裂。哦，那种极大的痛苦，那种干渴，那种灼热、燃烧的枯干，那种难以名状的恐惧，那种极其可恶的恶心——我绝不会忘记！

我用双手和膝盖把自己撑起来，第一个念头就是投河自尽，结束我这可悲的一生。但是，尽管我无恶不作，我还是不敢就这样冒冒失失去见上帝的面。我已经得罪了他。我起身，坐到码头边缘一根粗壮的木头上。

多么可怜的家伙！我戴在头上的东西破烂得不像一顶帽子，我的裤子破破烂烂，沾满泥渍。我没穿衣服，脚上只有一只鞋子。我的脸，我感觉到，脏兮兮的，发黑，我的视线蒙眬，双眼浮肿。我活着还有什么益处？尽管如此，在那个时刻，我又贪生怕死。虽然我感到心如冰窟，但我仍向上帝祈祷，祈求他不要压伤我这个受伤的可怜虫[①]。

我站起身，向前走去。

时间一点点过去。大街上响起了车水马龙声，出现了忙碌的身影。我所到之地，人群都像躲瘟神一样对我避之唯恐不及。

我记得，大约在正午时分，我来到了查塔姆广场。广场的一边，各种款式、各种质量的家具堆积成山。许多人正在看这些家具，显然有意购买。还有拍卖商，站在桌上、桶上，大声吆喝着货物的名称和价格。靠近广场中央，有一排等待他人来租赁的马车和一些手推车。小道上，大街上，男女老幼川流不息。我站了一会，茫然地看着眼前的景象。

接着，我又开始漫无目的地闲逛。四处熙熙攘攘，人声鼎沸。我

① 《圣经·以赛亚书》42章3节：压伤的芦苇，他不折断，将残的灯火，他不吹灭。指上帝不抛弃一切可救之人。——译注

好奇地打量着周围的商铺，商品陈列在宽大气派的橱窗里，最好的货品摆放在最前面，这样路人想不看都不行。过了一会，我转过身，走上一条小街，我就这样来来回回地走着，就像一艘失去方向舵的船。

就这样漫无目的地四处走着，四五个小时过去了，我开始觉得两腿发酸，饥渴难耐。

各式各样的情景显示夜晚到来。点灯人带着梯子匆匆从我身旁走过。一扇接一扇窗户点起了煤油灯。那些早早收工的卖力气的人也三三两两踏上回家之路。我在一条狭窄的街道逛了一会，当我从这条街道走出来时，发现自己又来到了那个空阔的广场，中午时分我看到这里还是一派忙碌的景象。我该做什么呢？我无助地向四周望去，看不到一丝太阳光的影子。我饥肠辘辘，头晕目眩。

此刻，我要做的就是沿着我站立之地、伸向东边的那条宽敞的大街走下去，敲开每一家每一户的门，呈明我的苦情，祈求一点残羹冷炙，或是一个遮风避雨之地。乞讨！这是一剂苦药，但在乞讨和挨饿之间，我没有看到还有其他路可走，而且，我最多也就是没有得到我想要的。

我沿着大街走去。路两旁都是高耸的砖房。比起我刚才走过的那条大道，这里没有炫目的橱窗，安宁静谧，行人稀少。

当我在石板路上蹒跚前行时，我不时被一些人家一楼起居室里的情景吸引，有些是一家人围坐在温馨的炉火前，有些是一家人聚在一起吃晚餐，餐桌上摆满了令人垂涎欲滴的美味佳肴。哦，我的口水都流出来了！透过窗帘，我不时看见一些小孩在嬉戏玩耍，他们天真单纯，头发拳曲。

过了好久，我才鼓起乞讨的勇气。终于，我走上一栋房子门口的台阶，握住拳头，轻轻敲门。我等了几分钟，又敲了一次。没有人前来应门。我心生绝望，准备离开。

“要按门铃，伙计。”一个过路人看到了我的举动，说，“他们听不到你敲门。”

于是，我把手放到门把手上，稍微旋转，让它刚好能够发出轻微的丁零声。过了几分钟，一个黑人出来，他打开门，看到我窘迫不安、浑身发抖地站在那里。

“怎么啦？”他说。他等了一会，发现我什么也没说。

我开口乞求。但是还没有说上两句，这个仆人就当着我的面，把门重重地关上了，还带着咒骂声。我像做了什么亏心事，又惊又怕，慌里慌张冲到路上。

我走过几个街区，才敢进行第二次尝试。这一回，我在门前台阶稍微低矮的一户人家停下。一个妇人出来应门。

“进来。”她同情地回答，“稍等一会儿，我去和女主人说。”

她从侧门进去了。我听到公寓里有谈话声。过了一会，门开了一点点。

“不行。”里面有人说，“骗子到处都是。你这样只会纵容懒惰。要他走。他出去后，小心锁好门。”

妇人从房间出来。她阴冷的脸色已经说明了一切，她必须遵照执行，无须多言。下一刻，我再次走上了黑漆漆的大街。

第三次、第四次敲门都和第一次一样徒劳。

到了第五家，仆人要我稍等一会，因为这家人正在祷告。我站住，看见屋内围了一圈人，因为门开着，我看得一清二楚。一位年老的绅士正在读一段《圣经》，其他人凝神倾听他所念的。

“这些事，”我听到他说，语气缓慢、有力，他双眼盯着面前的书，“这些事你们对我最小兄弟的拒绝，就是对我的拒绝。”

他又读了一大段，然而合上书，跪下，其他人也跟着照做。

整整十五分钟，只听见一阵热切的祷告声。然后，所有人都站起来，一阵严肃的沉默后，仆人说了我的情况。他很懂分寸，并未转达我乞讨的请求，而是陈述了我穷困的处境，然而，我没有听过比他这番话更好的求告了。

“理查德，”那位年老的绅士说，“把这个给那个可怜人。”

仆人接过，把它放到我手中。那是一美分。

理查德赶紧把我拉到没有灯光的地方，因为他怕我看到他脸上一片绯红。当我正要离开门口时，他掰开我的手指，把一个银币放到我的手心，这枚银币的价值是他的主人赐给我的那枚硬币的二十五倍。

这辈子我没有经历过比这更糟糕的拒绝。我记得有家小酒馆，那里有廉价的住处出租，于是我拖着沉重的脚步，走向那里。

第十二章

是什么带来邪恶和犯罪?

是烈酒带来的!

——禁酒之歌

日子悄悄地溜走，好几个月过去了。我不知道自己是怎样活过来的。直到今天，我也说不清楚自己生存下来的方式——但我终究是活下来了。有时候，我在一栋未完工的建筑里面找一个临时的遮风避雨之地；有时候，我睡在集市边上，或是码头的角落里；有时候，我连着两天没有进食，因为我还是一个酒鬼。尽管有时我会清醒一会，但我最后总是会通过种种方法搞到酒。当各位读者的眼球正在浏览这些书页的时刻，你们能相信吗，有成百上千——哎，或者说成千上万的人在这座巨大城市的偏僻角落处游荡，他们的处境，和我描述的自己在那可怕的几个月里的情形一样，居无定所，食不果腹。如今，当我回首这些，就像一场梦——胡思乱想的脑袋生出的可怕幻影。但是突然一声惊雷，梦醒了。事情终于发生了。

那是冬日里一个安息日的深夜。黑暗包裹着这座大城和其中熟睡的居民。白日里车水马龙、熙熙攘攘的大街，此时寂静空旷。每过一小时，公共时钟就会发出低沉的鸣响，每一声钟响穿透这结霜的冬夜，是那样清晰和肃穆。头顶上，没有星辰闪烁。雪一直在下，寒风凌厉，不时吹起飞雪，那一阵阵暴风雪，打在晚归的旅人脸上。昏昏欲睡的守夜人寻了某处角落，缩作一团，在这酷寒的夜晚被冻得瑟瑟发抖。

一条街道从一处码头东边开始，沿河而建，那是一条狭窄肮脏的街道，两侧有许多木屋，是水手们饮酒作乐的酒馆和风尘女子的容身之处。在其中一家酒馆，我和一伙时运不济、样貌吓人的同伴，正在密谋，准备出发去大街上。在那样的深夜，除了坏勾当，我们还会想什么呢？

我们有四个人。领头的家伙人称皮卡诺，他身上有几样武器，这些武器显然能干出危险的动作。

“来啊，伙计们。”他说，“我们要做的事，不会因为喝几杯受到影响。我们喝吧。”

听了这话，我们吞了几口酒下肚。

我们走出门，把手牢牢插在大衣口袋里。皮卡诺大步向前，似乎知道该走哪条路，我们紧随其后。

我们向前走去，风还在呼啸，一阵阵疾风，夹杂着飘雪，狠狠刮在我们脸上，让我们不得不放缓步伐。但是我们的领头人既不向左拐也不向右拐，

过了一会，我们到了城市的一个片区，这一带住的大部分是生意人，有很多仓库和店铺。此时，皮卡诺更加小心翼翼，他拐上了华尔街，领我们到了离交易所不远处的一个地方。大伙停了下来，一方面是喘口气，另一方面是要商量计策。夜里漆黑一片，一米以外的人影都看不见。我们侧耳听了一会，看是否有守更人注意到了我们的动静。

“我猜，”皮卡诺压低嗓音说，“我们来对了地方。这里，就是我

们要找的地方。”

接着，他指了指我们跟前的一间屋子。从房子的样貌以及门上的标牌看，这像是一间股票经纪人的办公室。

“现在，伙计们，”领头人继续说道，他的声音还是透着小心，“让我们动手吧。班克斯，我要你保管的钥匙在哪？”

他所说的那个人默默地把钥匙递给他。

“该死！”皮卡诺大声叫道，“这个东西不管用。我早就猜到它会不管用。下一回，我要自己带上复制的钥匙。”

“那我们就把门砸开。”一个同伙说。

“当然。”皮卡诺回答，“要不我们还能怎么办？这里，埃文斯，拿着灯！”

听从他的指挥，我拿起了灯。

我们继续犯罪的勾当。我们？为什么我不说他们呢？尽管在这桩事上，我只是个被动的角色，但我毕竟同意了他们的阴谋，还为虎作伥。堕落，堕落，到最后，竟沦为窃贼的同伙和帮凶！

“咚——撞这扇门！好牢啊！”班克斯说，皮卡诺之前已经使了两三把锯子，现在正在用一把凿子使劲呢。

另一个同伙也在拼命帮忙，我站在一旁，举着灯笼，把光照到他们需要的位置。

砰！砰！我们知道在这个片区有私家守夜人。我们担心撞击声太大，会传到他们耳里，被他们发现。

终于，在锯齿、凿子的刀锋还有撬棍的威力下，锁链松开了。再有一会，我们就成功了。但这一声响比前面任何的声响动静都要大。

“见鬼！”皮卡诺气急败坏地叫道，“我宁可再干上两个钟头，也不愿听到这个声音！但现在太迟了。班克斯，跟我进来，你们两个，在这望风！”

他还没有踏出视线外，守夜人的梆子声就在路边石上响起来，离我们所站的地方不到一百英尺。皮卡诺和他的同伴也听到了。他们把灯扔在地上，夺路而逃。

“快！快！快逃！”皮卡诺经过我们身边时，大叫起来，“你们俩，快逃命啊！”

我的同伴听取了这及时的提醒，但是，守夜人正在赶来。我听到他们就在我身后。我在黑暗中绊了一跤，摔倒在地。他们抓住了我，把我当作罪犯带走了。整个过程就像旋风一般迅捷。我的三个同伙都没有被抓住。

我是不是堕落到底了呢？我恍惚麻木、神志不清——即使我不受酒精的麻痹，也不足以让我逃离眼前的惨境。我成了一名罪犯，一名触犯法律的罪犯，即将接受最严厉的惩罚——我该去哪里找一个朋友，我还有出去的希望吗？

因酗酒走上犯罪之路的例子是老生常谈的说教。然而，那些曾对此有过研究的人告诉我们，法庭审理的每六起案件中就有五起可以直接或间接地追溯到酗酒的恶习。我有时想，当一个人因酗酒而意识不清导致作恶时，法律不应该审判他。但倘若这一原则被采纳，影响司法的裁决，那将会打开一个可怕的缺口！放任最危险的激情是多么大的诱惑啊！显然，一个白痴无须为自己的行为负责，但是一个故意让自己犯傻的酒鬼绝不能因此脱责。然而，我们心中的恩惠和仁慈，让我们尽可能将借口的外衣扔到因酗酒而造成的错事上。没有人知道——除了那些有如此感觉的人——没有人知道那种对饮酒的燃烧的渴望，这种渴望是那些酗酒的可怜人长期养成的习惯。

第十三章

自由！不仅仅是挣脱锁链，
而是摆脱被激情控制的自己，
成为你自己的主人！

——恩伯里夫人[1]

关入囚牢的第二天，我翻来覆去地思索在目前这种惨境下自己最好的出路绝望笼罩了我，好似一大团乌云将我包裹，遮蔽了一切喜悦的光线。一幕幕往事涌上心头，我想起了在乡下度过的快乐的少年时光，去往纽约的行程，马车里的同伴，古董商李先生，那是我的恩人，可惜我却以怨报德，还有科尔比，那个让我走上歧途的家伙。我回想这一切，甚至旅程中最微小的细节。李先生啊！眼下在这困境中，我应该找他吗？哦，不，我已经深深地伤害了他。我的骄傲不容许我告诉他自己目前的惨状。至于科尔比，自从我可怜的妻子去世之后，我们在酒馆那次碰面，我恨不得在手心里握一条毒蛇，也不愿接受他的人情。

好几天来，我情绪低落、萎靡不振。我这样一个年轻人，命运曾

① 美国十九世纪女诗人。——译注

对我不止一次微笑。我在城里的生活刚开始，就交到了好运，本来我完全可以过上幸福快乐的生活。而如今，我却犯下滔天大罪，身陷囹圄。不止一次，一个残忍的念头跳到我的脑海，那就是结束自己的性命。但每一次，在这监狱的高墙内，我那圣洁的玛丽就会出现在我眼前，她微笑着看着我，我不能放弃再次与她相见的希望。

审判我的时刻就要到了。我心灰意冷，听天由命，根本不在乎结果是好是坏。

就在我要被带上法庭的一两天前，一个狱卒进来，说外面有位绅士想见我。狱卒还没有说完，他提到的那个人就被其他人领至我的囚房。这是一位中年人，他为何要见我，我一点也不知情。

“你的名字是叫富兰克林·埃文斯吗？”他问。

我回答是。

“你知道这张名片吗？”

他递给我一张脏兮兮的纸条，上面写着一个名字，“露西·马尔基翁——布利克街”。

看到这个，我很吃惊，完全不知道来人的意图。我没有回答，而是惊讶地盯着他。

“听着。”他继续说道，“几个月以前，有位女士，就是你手里握着的名片上的这个人，和她的孩子在一个偏远的乡下。突然，孩子跌入急流中，眼看就要淹死了，但是一个勇敢的陌生小伙子救起了孩子，把她交给了这位女士。女士急匆匆地走了，给那位陌生人留下了她的姓名和住址。今天早晨，有位警察到访，把这张名片交给我们，问起名片的事，看到名片上的字迹，这位女士想起了事情的来龙去脉。”

这个人就此停住了，我立刻就明白了到底是怎么一回事。在前一章，我提到自己救了一个小女孩一命的事情。我把那张卡片夹在身上的笔记簿里，就再也没有想过这事。在我被捕的那天早上，警察搜了我的身，我身上的每一样东西都被拿走了。当局以为，或许能找到有关我那些同犯的线索。他们想这张卡片有可能提供一些线索，于是按照卡片上的住址找到了马尔基翁先生。他就是那位女士的丈夫，被救小女孩的父亲，一位才华横溢、受人尊敬的律师。在妻子的恳求下，他立即赶到了我所在的监狱来探望我。

“告诉我，年轻人。”当整件事情被彻彻底底弄清楚之后，他知道自己确确实实找到了妻子不住祷告要感谢的那个人。他说，“你现在被关起来了，告诉我你整个的犯罪经过。不要有任何保留，我看看能不能帮到你。”

“你认为，有没有可能，”我焦急地问道，“我被判无罪？”

“这个问题，”他说，“我最好在听完你的故事后再回答。”

我知道自己能毫无保留地信赖他，于是就把做下的蠢事和犯罪的事原原本本地讲给他听。我告诉他，好几个星期以来，我的感官一直被酒精所麻痹。我说，当我和皮卡诺还有其他人一起走出去的时候，并不知道他们要去往哪里，也不知道他们为了什么目的。我还说，尽管我站在一旁，我并未亲手实施盗窃。我的申辩没有什么说服力，但我已经把能讲的都讲了出来。我心中涌动着对自由的渴望。

“也许这样会更加明智一些，”当我说完，马尔基翁先生说，“那就是我现在不发表任何意见。但我劝你不要放弃希望。我相信你刚才所讲的是事实。”

当他离开时，我觉得心中燃起了希望。在沮丧之时，有个好心情多么重要，能让你安然渡过困境。

审判之前，马尔基翁先生又来看过我两三次，他要了我参与行窃那天晚上去过的那间小酒馆的地址，还要了我在光景比较好的时候认识的两三个人的名字，好证明我以前名声还不错。当我把李先生的姓名连同其他人的告诉马尔基翁先生时，我有过犹疑，不知我的老朋友评价我的证词是否对我有利。

决定性的时刻终于来了。检察官提出我犯罪的事实，让人无可辩驳。警官也证实，根据所有的情况看，我是其中一个盗窃犯。他们当场逮住了我，当时我正欲逃跑。

马尔基翁先生亲自为我申辩。他有意夸大了间接证据的危险，拿出了我之前有过好名声和好行为的证词，然后又详细讲述了我不幸沾染上酒瘾这一情况。小酒馆的老板也为我做证说，当皮卡诺领我出去的时候，我对他要做的事一无所知。凭借他高超的专业知识，我的律师为我慷慨陈词，美化我的情况，最后，他替我向陪审团和法庭申诉。

然而一切都无济于事。陪审团出去商议一两个小时后，带着“有罪”的宣判走了进来。听到这个词，我感到毛骨悚然，几乎站立不住。我头昏脑涨，双耳嗡嗡直叫，压根就没有听到陪审团主席继续说的“建议交由法庭宽限”。如果我这样做了，我本不应该对宽限抱任何希望——之前听完马尔基翁先生雄辩的申诉后，我非常确信，自己肯定会被判无罪。

法官与左右两旁的人商议了几分钟，然后站起身来宣判结果。当我听到自己不需要再回监狱的消息，几乎不敢相信自己的耳朵。我又惊又喜，根本没有注意听法官所念判词的内容：鉴于我的特殊情况，我被释放了，或者说就是这个意思。我只听到了一个词“释放”。当法官继续在念判词时，我在审判席上根本待不住了。当执勤官员来到我身边，拉住我的手，告诉我我自由了时，我立马冲了出来，一把抓住马尔基翁先生的手臂，我的泪把他的手臂都打湿了。自由！是的，毕竟，在险些被判重罪之后释放，这难道不是一件喜极而泣的事吗？

第十四章

跪下吧！你曾经在那里起过的誓言，
在那个孤单的时刻漂浮在高处，
光之精灵庇佑你的祈祷，
死者，加冕王冠者，将回应你的叹息。

——《黑尔夫人①的杂志》

马尔基翁先生和他的妻子对我的好不仅仅停留在把我从可鄙的命运当中挽救出来。摆脱捆绑、重获自由后，我第一时间见到了马尔基翁夫人，向她表达了感激之情，我说，对于一个救了她孩子一命的人，这是一位母亲所能做的全部。

“我们做的一切，”夫人说，“也不足以回报先生您的恩情。”

接着，她把小姑娘叫到身边，要她感谢救命恩人。马尔基翁先生站在一旁，微笑着看着这一幕。

但是等一等——我看到了自己身上穿的脏兮兮、破破烂烂的衣服，我暗想——我这样的人配做衣着考究、干净整洁之人的同伴吗？我应该编造什么借口呢？但马尔基翁先生已经知道了我的很多底细，

① 黑尔夫人全名为萨拉·约瑟法·黑尔，美国十九世纪女作家、诗人、编辑，儿歌《玛丽有只小羊羔》的作者，《淑女杂志》(Ladies' Magazine）的编辑。——译注

了解我之前干过的蠢事。有个声音似乎在我耳边低语，坦白交代一切。因此，面对他们的询问，我告诉了他们我所有的经历，没有一丝一毫的隐瞒和删改。

“年轻人，”当我述说完一切，夫人说，“要是你几个月前告诉我们这些，我们会避开你，或者把你当作骗子。但是，近段时间我的观察，让我的丈夫和我了解到了一些情况，这些故事比你的更悲催，更让人惊叹。”

她接着告诉我，她的丈夫年轻时也是一位瘾君子，如今，他是城里某个协会的一员，这个协会的目的在于帮助人们履行神圣的禁酒宣言。她还告诉我，她也偶尔参加这些协会的会议，她在会上听到了不少悲惨的故事，这些故事都是发言人的切身经历，让人唏嘘，刺痛有同情心的人。

那天晚上，当我们围坐在客厅里火焰熊熊燃烧的壁炉前，我们的谈话又转到了早上的话题。马尔基翁先生谈到，有些人深陷罪恶的泥潭，却能以奇迹般的方式改过自新，他为此感到非常惊奇。一件微不足道的小事——一件普通的看似不值得思考的事情——有时会改变他们邪恶的行径，引他们走向新世界，重获新生，摆脱桎梏。他还说，他从前听说过一件事，若是我乐意听，他愿意讲出来。

我表示愿意洗耳恭听，于是，他娓娓道来。

“干杯！”这句话似信号，突然爆出，接下来是砰砰的碰撞声！某个夜晚，在一家中等档次的酒馆，一群酒徒正在觥筹交错。当他们饮酒时，一阵阵放肆的笑声、一句句不敬的、污秽的话语把墙壁都震得作响。最狂妄的是一个约莫二十二三岁的家伙，长着一张女孩子似的俊秀面容，留着一头金发。他们叫他迈克。其他人似乎把他当作发号施令者，他们听令行事。在这伙人待在那儿的那段时间，如果迈克对同伴的胡说八道中表现出厚颜无耻的邪恶，证明他具有的能力——那简直就不会再有第二条路，能如此引他走向毁灭。

这群人的谈话透露，这天晚上早些时候，他们待在一个赌场里。赌场里发生的事，以及年轻的迈克及其同伴的所作所为，不足以在此描述。

酒杯一次又一次斟满。此时，一个服务员走了进来，对酒保低语了几句。酒保随后出去，过了一会又回来了。

“有个人，”他说，“想和迈克先生说话。他就在前面的路上等着。”

提到人名的那个人向其他人告辞，告诉他们他一会就回来，然后离开了屋子。他甚至没有关上身后的门，就走了出去。他看见他那位比他大八九岁的大哥正在不安地踱步。当大哥转过身来，路灯的光照在他的脸上。那个年轻人，尽管有点醉醺醺的，看到那张惨白的脸和明显的不安时，还是有点吃惊。

“快跟我回去！”大哥急促地说道，“我们的小妹简病重了，家里人要我来找你。”

“呸！”年轻的酒鬼面无表情地回答，“就为了这件事吗？”

他转身进屋。

“弟弟，她这次比以往都病得厉害。恐怕你赶回去时，她已经死了。”

酒徒在回转的过程中停了下来，可能是震惊于刚才那个可怕的字眼，这个词没有哪次不击中凡人的心脏，让他们感到冰冷。但是他很快就冷静下来，朝兄弟摆了摆手。

“瞧瞧吧，”他说，“至少十多回了，我被喊回去看看我们生病的好妹妹。结果呢，每一次，只不过是那些护士和医生的坏念头罢了。三年了，妹妹都活得好好的。我敢肯定，她还会在世上活三年。”

他说完了这番禽兽不如的话，打开门，径直走进酒吧。但在接下来的那段时间，尽管迈克还在喝酒，但是他内心极为不安。在那个时段的末尾，那句话——“恐怕你赶回去时，她已经死了”一直在他耳边回响。他往家赶去。他的大哥早已伤心地先他回去了。

让我们比弟弟提前一点赶回那间屋子。一个小女孩躺在床上，奄奄一息。她非常清醒。她已经病了好长时间，对于她的父母和兄弟姐妹来说，被叫来看着她咽气这件事并不突然。

这个女孩称不上漂亮。然而，在一个生病的孩子身上，总有一种庄严的可爱。也许，在我们心中，对于那楚楚可怜的病孩儿的同情，让孩子越发惹人怜爱。湿润的眉毛和眼球上的泪膜——哪个人看到这样的情景心里不难受呢？我常常胡思乱想，对于孩子而言，病得愈重，就越发显得美丽可爱。也许，天使们已经帮他们穿上了他们即将在乐园穿的衣裳。

站在小女孩简旁边的除她的近亲以外，还有一位家庭医生。他朝孩子的母亲看了一眼，他的神情表明一切都没有希望了。

“我的孩子！”她的母亲哭喊着，伤痛欲绝，“我的孩子啊！你别走啊！”

父亲和其他儿女都悲痛地弯下了腰，大颗大颗的泪珠流到了他们眼前的手指间。

一阵沉默。就在刚刚过去的那段时光，简以她那孩子气的方式，给每位亲人送了一份小小的礼物当作留念。还有一个纪念品没有送到要送的人手里。此刻，简手里就握着这样东西。那是一本小小的书，是一本给孩子的《圣经故事》集，这本书还是小女孩刚开始学会认字时她的母亲送给她的。

所有人都沉浸在这沉痛安静的气氛中，唯有压抑的啜泣声打破这寂静，这声音是那些站在小女孩身边、为她送终的人发出的，就在这时，一个人粗鲁地闯了进来，叫叫嚷嚷，吵闹声隔壁房间都能听见。

叫嚷声又粗暴地响起，这是喝得醉醺醺的迈克的声音。父亲叫他的一个儿子出去，让这个闯入者安静下来。

“如果没有其他法子，”他厉声说，“就凭力气把他制服。我们不想让酒鬼在这里惹是生非，来搅扰这里的气氛！”

她希望迈克被带到自己身边来。

他来了。这个酒鬼站在那里，看到这庄严沉痛的一幕，他清醒过来。他俯下身，想听听这个小人儿的遗言，再过十分钟，她就要去天堂安歇了。

一切宛如最深的夜晚那般寂静。奄奄一息的孩子一只手握住年轻人的手，另一只手缓缓举起那件微不足道的纪念品，那是特别送给他的。她的手悬在空中，颤抖了一下，她的眼睛，此刻毫无生气，望向了哥哥的脸。她开心地笑了。她的喉咙里传来一阵听不清楚的咯咯声，举起的手突然跌落进哥哥的掌心中，放下了那个小小的礼物。简去世了。

自那夜以后，年轻人再也没有鬼混过，他完全改过自新。

当马尔基翁先生讲完这个故事后，大家沉默了好几分钟。我隐隐约约猜到他就是那个年轻人，因着小孩的死而改过自新。我猜对了。面对我的问题，马尔基翁先生承认他确实在讲一个真实的故事，主人公正是他自己。

第十五章

农庄主人的房子是空旷轩敞、富有田家风味的农舍，强烈地让我想到笛福有关这类地方的描写。那时天气很暖，不过百叶窗全放下，把窗户和门全大开着，各屋里就都有一种沉沉阴暗的凉风，习习而生。从外面辉煌的阳光和蒸人的热气里去到那儿，使人觉得异常清爽。在窗户前面有一个四面轩敞的凉台。在那儿，到了他们所谓天热的时候——不管那句话是什么意思——他们吊着吊床，大睡其午觉。

——狄更斯《游美札记》①

正如我前面所提到的，马尔基翁先生一家人慈爱友善，凡是对我有益的事情，他们从未停止去做。不用说，在他们的努力之下，我改过自新做的第一件事就是签署禁酒宣言。那时候的禁酒宣言被称作旧宣言，仅仅禁止人们饮用最烈性的酒，而当人们喝葡萄酒、啤酒等其他酒品时，就算喝到烂醉如泥也没事。当时，那些在禁酒一事上想再往前进一步的人被许多人认为思想过于偏激。在接下来的几章中就会看到，旧宣言是否足以去除纵酒带来的危险。尽管我如今已经从昔

① 《游美札记》是英国著名作家狄更斯一部重要的游记作品，叙述其应朋友之邀赴美游历的经历，反映了十九世纪中叶北美大陆的状况和风土人情。以上选自张若谷先生译文。

日的恶习中完全改过自新，并一直信守承诺，但是在我生命的那个阶段，我认为自己并未完全摘取节制的果实，我接下来会讲述所发生的事。

马尔基翁一家资助了我一小笔钱财，又在各个方面给予我指导和建议。在他们的帮助下，我开始做点正经生意，既有利可图，又轻松容易。我的生意发展得不错，世界在我眼前又开始呈现出灿烂的一面。

几个月后，我做了一次短途旅行，去到弗吉尼亚州南部的一个县，一半是为了生意，一半是为了休闲。为了完成手头的工作，我经常不得不看别人的方便行事，而我又无法管控他们。因此，有好几次，我一连耽搁好几天，除了各处闲逛消遣，我手头无事可做。有一回等待途中，我待在一个风景怡人的古朴村庄，这座村子坐落在一条清澈溪流的两岸。为了打发单调的生活，我尽可能地结识邻近的种植园园主，去他们的庄园游荡，甚至跑去和奴隶聊天，从奴隶们的勃勃生机和幽默天性中，我收获了很多欢乐。众所周知，弗吉尼亚人热情好客，对待陌生人十分友好，凡事考虑周到。日子就这样如我所期待般地悄然流逝。

一日，我离开村庄，漫步至远处。我悠闲地散步，百无聊赖地欣赏自然风光，没有什么明确的目的地。就这样沿着河岸走了大约两英里地，来到一座小山丘前面，一道缓坡顺河岸而下。山顶上有一栋房子，我情不自禁地叹服这栋房子的外观，那庭院和走道的设计显然极具品味。

我走近一些，去欣赏门廊边栽种在花盆中的珍稀植物，这时，一位中年绅士走出来，礼貌地朝我打招呼。我们聊了起来，他邀请我去走廊的阴凉地里坐一会。走了很远的路，我有点疲惫，于是接受了他的邀请。从他的口音和举止来判断，他不是一个美国人。在交谈的过程中，我了解到他是一位单身汉，从父亲手中继承了他现在居住的这座庄园。尽管有些孤单，他在料理庄园的事务中找到了很多乐趣。我俩告别之前，他拿出一些好酒，我们干了好几瓶酒。离别时几近傍晚，主人伯恩要我一定答应第二天再来拜访他，这才放我走。

一回到村子，我讲述了受到种植园园主的招待、在他那消磨了一天的事，并打听他的来头。从我在村子里获悉的以及我后来和这位种植园园主交往所了解到的情况，我得知，伯恩的父亲于上个世纪末从法国而来，当时那里正发生骚乱。他跟随一大群绅士和平民来到美国，这些人离开故土，欲寻求安宁，即便是付上流亡异国的代价。然而，伯恩的父亲离开故国的原因，并非不赞同当时即将掌权的革命者的政策。相反，他吸收了革命者的许多观念，日后一有机会就给儿子灌输这些思想。

伯恩选择美国作为归隐之地，因为他可以在此享受自由。就在我昨天遇到他的那块土地上，他购买了一处种植园，又添置了所需的奴隶和物资。

也许在此并不适宜讨论这个国家的民族习俗，但我还是忍不住多说两句。伯恩深信，反对南部奴隶制的许多论断有许多错谬之处，这是他亲眼所见得出的结论。诚然，他看到许许多多男男女女处在奴隶制的枷锁当中，但他也不能对一个事实避而不见——那就是这些奴隶如果有了自由，将会更加不幸。伯恩看到，这些奴隶被照顾得很好——有吃有穿，有地方住，还享受各种舒适。回想自己游历欧洲各国时看到的各种惨状，他觉得奇怪，旧世界的慈善家居然希冀用新世界的那一套来干预，而成千上万次地，在旧世界的饥荒和独裁统治的严峻现实面前，新世界那点有名无实的干预只落得跌跌撞撞。

第二天，以及接下来的好多天，我时常拜访这位新朋友。我发现他是一个非常聪明、和蔼亲切的伙伴。由于我要在这个地方待上好几个星期，我非常高兴有这样一位朋友做伴。种植园园主也很乐意有我做伴。他仿佛与世隔绝，很少见到访客，除了命运偶然带到他身边的人。

我俩交往非常密切，为了彼此方便，我在他的屋子里住下。我派人送信到纽约，这段时间很有可能不在家。我在纽约的生意由一位信得过、能力强的人处理，我并不担心会有什么差错。我时不时从他那里收到信，信上都是最好的消息。

白天，伯恩和我待在一起很长时间，夜晚，我俩又频频饮酒。我担心，尽管我在马尔基翁一家的建议下做出了庄严的承诺，为了回到我的房间，我不得不找人帮忙的次数还是相当多的。

由于我住在种植园，又经常在这周边散步，使得我对这里的事务非常熟悉。有时，我甚至处理其中的一些事务，仿佛在打理自己的资产。当我回望这段人生，总会带着几分满足，尽管总体而言，我去到弗吉尼亚州是一场灾难，具体原因随后就会知道。我那作恶的因子又发作了，以一种奇怪的方式给我带来了痛苦，每每回想起来都让我难受。

第十六章

他们说这样东西让舌尖畅快，
让身心愉悦，
他们说这样东西让血脉偾张，
让牙痛缓解。
啊，
在那晶莹的液体深处，
睡着一条看不见的、咬人的毒蛇。

它那玫瑰色的光泽将变成火焰，
它的清凉将化成焦渴，
在大脑深处，伴着欢笑，
一条不眠不休的蠕虫正在被滋养，
杯口的每一滴泡沫，
无不是供给那条蠕虫的美味。

——纳撒尼尔·帕克·威利斯[①]

① 十九世纪美国诗人、作家。——译注

在伯恩庄园的奴隶们中间，有一个名叫玛格丽特的年轻女子，她是一个克里奥尔人。她从前为一位夫人所有，那位夫人去世之后，她和其他奴隶被种植园园主购买，来到农场做工。那位夫人很喜欢这个女孩，让她接受了良好教育。玛格丽特具有南部常见的那种性感迷人的相貌——肤色稍暗，眼睛大而撩人，双唇美丽——一切都是那样完美匀称。让看到她的人不禁疑惑，自己看到的到底是一位拥有浅黑肤色的美女，还是确确实实具有几分黑人血统的美女。其实玛格丽特属于后者。

种植园的业务由一个叫菲利普斯的人来打理。我向来不喜欢他，但他对我总是客客气气，因而我都没有对他无礼的机会。他也从北方来，和我来自同一个地方。他精明谨慎，但身上有人性的弱点。他的住处离伯恩的住处大约一英里远。

显然，菲利普斯也注意到了年轻貌美的玛格丽特，总是色眯眯地打量她。他借着职位的便利接近玛格丽特，然而，却屡遭拒绝，还常常招致白眼。

我在种植园园主家住了大约一个星期之后，发生了这样一件事。玛格丽特在田间做工时，菲利普斯来了。像以往一样，菲利普斯提出求婚，这个可人儿勃然大怒，气愤地回绝了。监工被她这副严肃的态度激怒了，继续胁迫，激动的奴隶举起了她手中的工具，给了他重重一击。他跌倒在地，躺在那里不省人事，鲜血从他的伤口流出。

片刻之后，玛格丽特回过神来，意识到自己闯下大祸。她反应敏捷，立刻明白该怎么做。她马上跑回宅地，求见主人。当时我们正坐在走廊上，像平时午后那样休闲聊天。玛格丽特被带进来，她讲述了事情的经过。就在她讲述的过程当中，我情不自禁地被她的美貌吸引，杯中物的影响一点也没有减轻我的爱慕之情。

“如果再发生一次这样的事情，”这个愤怒的女孩说道，她那双黑眼睛一闪一闪，两颊由于充血而通红通红，“我还是会这样做。他很清楚我之前说过的话，这次他对我说那些不堪入耳的话，实在是罪有应得。”

或许是我的神情流露出我对这个女子的爱慕。她望向我，好似要我替她在伯恩面前求情。我回递给她的眼神表明，不管她这次鲁莽行为的后果如何，她至少应该找个替她说情的人，而且这个人的话会管用。

不到一个钟头，菲利普斯出现在屋子里，他的头已经包扎好了，脸色十分苍白。他失了一些血，加之脸上露出对冒犯他的奴隶一副苦大仇深的表情，样子十分难看。当我看着菲利普斯时，我并不惊讶，难怪玛格丽特对这样一个人如此残酷无情。

房间成了审判室，双方各执一词，伯恩先生一时半会也不知道该如何决断。他偏向玛格丽特，因为她更有理，但是种植园主担心，若如此明显地宽恕她，这样开先例会招致严重后果。凭良心说，他不愿追究她的责任，然而又必须做点什么以示惩戒。他摆出一副严肃的面孔，对玛格丽特此番冒犯的举动训斥了一通，说了几句重话，吓唬了几句——这些在嘟囔抱怨的监工眼中，只不过是做做样子，随后，伯恩说自己不想再听到关于此事的任何言论，把菲利普斯和玛格丽特都请了回去。

接下来的一两天，这件事好似被大家忘记了。好似被忘记了，然而事实上，骄傲的菲利普斯被伤得太深，根本不可能原谅玛格丽特。对公然反抗他、让他成为笑柄的玛格丽特，他的胸中涌动着仇恨。而在另一个人身上，这个克里奥尔美女也在他心中激起了强烈的感情，只不过性质与在监工心中激起的感情截然不同。

我不知道在此前的叙述中是否暗示过，我这个人，对于女人的魅力，并不迟钝。不过，事实就是如此。此外，关于婚恋问题，我吸收了当时在纽约这座伟大的美国城市盛行于年轻人中间的许多错误观念。我的激情来得快，退却得也快。我经常被一张漂亮的脸蛋搞得心醉神迷，在心里暗暗惦记四五日，然后才从想入非非中清醒过来，笑话自己的傻痴。

玛格丽特的可爱和优雅让我着迷，然而，她和我不属于同一种族，而且，她的人身自由也属于另外一个人。我和她又有什么关系呢？我的顾虑、我的自尊都大声反对我心中喜欢这个女子，也不容许我在行为上表现出来。然而，奇怪的是，我却不去理会这些。当我和伯恩在一起畅饮时，我频频向他暗示此事，说自己对他的那名奴隶有好感。

似乎有一种奇怪的迷恋，永久地驻扎在那些曾经沉醉于烈酒的人的感官里。用一个词语来形容就是，心思意念变得“模糊迷乱”，失去了迅速和准确判断的能力。沾染上酒瘾的不幸的受害者即使在犯下滔天大罪之时，自己也并不能意识到自己所作所为，因为他的头脑一片模糊混乱，他所有的洞察力也一片黑暗。最糟糕的是，即使在他清醒的时刻，那种同样的黑暗势力仍然环绕着他，诱他犯下一个又一个错误。

我认为，这种“模糊迷乱”正是我接下来要讲到的一系列行为的祸因。显然，一个有理智的人绝不会做出这样荒谬的举动。但是，一个酒鬼哪里会有什么理智呢？一周七天，哪一天我和伯恩不是在酒桌旁接连几个小时地喝酒呢！

在一次畅饮中，我向主人表露，我对那个克里奥尔人的爱慕让我下定决心娶她为妻。伯恩非但没有把这桩奇特的求婚的利害关系向我说明，反倒是说，如果我喜欢这个女子，那是再好不过了，他还说，为了表明他对我的友情，在我成婚之日会赐玛格丽特自由。此外，他还会将玛格丽特的弟弟、一个叫作路易斯的小男孩送给我。我俩把酒言欢，商议多时，直到双方都心满意足。说实话，在我俩离开酒桌前，我们两人没有一个知道自己到底是糊涂人还是聪明人。

你相信吗？就在那天下午，伯恩这位当地的治安官宣布我和那个克里奥尔人结婚。宣布玛格丽特获得自由的证书也开具出来，并签好字，交到了玛格丽特手中。那天晚上，我又和种植园园主狂饮一晚。

第十七章

也许因为我生得黑丑，

缺少绅士们温柔风雅的谈吐。[1]

——莎士比亚

我无须在此赘述接下来几天发生的事情。正如可预料到的那样，没过多久，我就从宿醉中醒来了。我真的清醒了！想想自己的举动，我满脑子都是对自己的嫌弃。尽管距离我第一次见到伯恩只过去了短短四五个星期，但是当我回头去看的时候，却好像过了一个世纪。

我反省这桩毫无吸引力的婚事，对这个克里奥尔人、我的妻子的嫌弃涌上心头。我确信，她竭尽全力引诱我掉入这个陷阱。我越想这件事情，对玛格丽特的厌恶就越来越强烈。这个不久之前我还带着满满的爱意注视着的人，如今成了我憎恶的对象。

不管我对这个女人怎样的厌恶，然而，我能感觉到她对我明显的爱慕。看到我对她的态度，她痛苦不已。她千方百计试图挽回我曾经对她的爱。她处处谦恭有礼、卑微顺服，但是一切徒劳无益。

我之前对这个克里奥尔人的爱情难道都消失殆尽了吗？啊，人类

① 以上出自《奥赛罗》第三场第三幕，以上译文引用朱生豪先生译文。——译注

的爱情啊，若想持久，必须是纯洁的、两情相悦的。

讲到这里，另外一个人物需要登场了。有些事是我命中逃不过的劫数。当时，我在纽约认识的一个老熟人、康韦夫人来到了这里，她是一个寡妇，住在监工菲利普斯家中，他们是远亲。在纽约我那些认识的人的家里，我经常见到这位女士，因此，我去拜访她是再自然不过的事情。

康韦夫人年约二十五岁，容貌俊美。不过，不是那种清纯可爱，而是成熟妩媚，美得不可方物。她发丝浅淡、眼睛碧蓝、皮肤娇嫩，是那个地方少有的一道风景。也许正因如此，她备受赞赏。然而，她是一个老于世故、深谙交际应酬的女子。她天生丽质，头脑又聪慧非凡，因此，她只有一个目标，迷倒男人。她从来不用刻意让人加入她的崇拜者的队列，她从来都是赢家。她来到南方，真是背运！

这个女人来到此地的第二天，她就打定主意想让我拜倒在她的石榴裙下。也许一部分是出于天性，一部分是为了排遣无聊寂寞，才让她有了这样的念头。她把这个想法透露给了她的亲戚菲利普斯，后者一听非常赞同，还答应说会全力支持（我后来才知道这一切）。他从来就没有忘记，在玛格丽特升到现在的位置之前，那个女人曾带给他的奇耻大辱。工于心计的他掩饰了自己的情感，但他的心机是包不住的。

在此无须详述阴谋者施展的一切伎俩。幸运的是，他们有一个乐意上钩的对象，很快，我就陷了进去，时间快得连他们自己都意想不到。

我觉得我并不爱慕康韦夫人，至少，一开始对她并不倾心。不过我不愿假装自己对她一往情深，因为这种假装只会让我那并不般配的妻子更感羞辱。因为比起我对那个克里奥尔人的爱，我对婚姻的不满更为持久。尽管我羞于向庄园里的人提起，我是多么懊悔自己酒后一时冲动，因为这桩婚姻根本就是一场噩梦。每当我想起这桩婚姻，心里就会作痛。我们住在一起，玛格丽特和我，但是在我俩之间并没有任何和平与喜乐。

“我恐怕那个北方来的美女把你迷惑住了。”有天晚上，玛格丽特如此说，脸上浮现出一丝笑意，当时，我刚从监工那里回来，“你过去从未如此偏爱去菲利普斯先生那里。”

“谈点事情，”我回答，感到有点困惑不解，“只是谈点事情。”

“她当真像我听说的那样美貌吗？有人说，那个美人的美貌连想都想不出来。”

“你听到的是对的。”我说，“她美貌非凡，既不黑，也不丑，我讨厌又黑又丑的人！”我转过身，确信我放出的利箭已经达到效果。

“果然如此！”惊讶的玛格丽特爆发了。她本还想说下去，但是她的骄傲阻止了她。

当然，短短几天本不可能让我的心意有巨大的转变。那个克里奥尔人想起来许多事情，在这之前不过是鸡毛蒜皮的小事，现如今却成了她猜忌的确凿的证据。

这个嫉妒的妇人的恐惧很快就达到了顶峰，她如今不必胡思乱猜。我不再隐藏自己对康韦夫人的爱慕。我想，自己起初的假意相爱后来居然成真了，这种情况时有发生。就像一位假戏真做的演员，我越来越投入，起初假装的爱意变成了真情，充满了我的心胸。

可怜的玛格丽特！一阵狂野和恐惧的风暴刮过她的心间。我知道她很爱我。她身上有她那个民族的人炽烈的性子，想到有其他人取代了她，她感到撕心裂肺的痛。我想我并没有完完全全地刻画出那个克里奥尔人的性格。她确确实实是个女人，身上有女人的妩媚，也有女人最诡诈的一面。伯恩赐予了她自由，她借此机会实现了凌驾于同伴之上的野心。这种自由是她生命中最真切的梦想。

她以为，既然她成了一个自由人，就拥有了法律赋予的许多权利，她以为，我被牢不可破的链条与她捆绑在一起。但她极其精明，从来不在言谈举止中流露出这点。她要扮演一个更加艰难的角色。晚年的时候，当我回忆往事之时，我不禁惊叹于她多次避免险境的灵巧，她并未与我公开决裂，尽管我俩共同处甚少。不幸的女子！我多么希望她的人生本该更加幸运！

第十八章

酗酒之人无一安全。

在酒精的麻痹下，我们对身边珍爱之人会做出极为不公的举动。

——禁酒之歌

康韦夫人是否会回应我的倾慕，而且，倘若我在合适的时机向她求婚，她是否会接受，我不得而知。不过，在我们的交往当中，相似的故事发生了好多次，这些我都提及过。一开始，她总毫无疑问地扮演那个青涩的卖弄风情的女人，然而接下来，在我们一次次的幽会中，她可能被我炽热的爱打动了，比起我对那个克里奥尔人的爱，我对她的爱更加炽烈，也更加真实。

当我凝神于寡妇那摄人心魄的美——她那柔嫩的皮肤，温柔的眸子——当我聆听她的谈话，那谈话本身自带魅力，再加上那音调悦耳柔和，我觉得自己心旌荡漾。

一天，和伯恩饮酒后，我又去了寡妇那里，由于美酒和爱情的催生，我对她说了许多情意绵绵的话。美人心满意足地听着，哪个女人不喜欢别人献殷勤呢？突然，一个任性的念头钻到了她的脑子里。

“过来！”她对我说，“我想知道，你是否愿意拿出实际行动来证明你所说的这些甜言蜜语？”

“夫人，如果你的愿望是世人能够实现的，我愿意证明。”我回答说。

我浑身热血沸腾，实话实说。

“两三天前，我散步的时候，”寡妇接着说，“我看到一个俊秀的男孩，年纪大约八九岁。他们告诉我那个孩子是你的人。我想我需要有这么一个小家伙给我当听差，就像以前那些大家闺秀一样。”

“他叫什么名字？”我问。

“他们叫他路易斯。现在我想起来了，有人说他是和你住在一起的那个女人玛格丽特的弟弟。”

我一惊，感到血液涌上了脸颊，热辣辣的。寡妇难道想触碰我不愿触碰的那根弦？路易斯确实是那个克里奥尔人的弟弟，她极其宠爱他，就像一个女人对自己的孩子那样宠爱。

寡妇等待着，却半天没有听到回音。

“要人或者要钱的时候，殷勤冷却得真快啊！”她最终开口说，带着一丝轻蔑的笑容。

“原谅我吧，夫人，不是那样的。”我殷切地说，“不是那样的。问我要点别的。有原因的。”我补充说，语气急切又混乱，“我不能告诉你为什么不能答应你。但是其他人肯定也可以干好这个差。奴隶当中有很多小孩，你可以任选一个。”

寡妇完全知道我欲言又止的原因。

“我的主意已定。”她回答，语气既强硬又冰冷。“这只不过是个荒唐的想法。让你烦心，我已经做错了。”

“求求你了。”我回答，“换个孩子吧。”

“不要再说了。先生。”夫人回答，仿佛欲打断这个话题，“不值得你再去想一个傻女人的胡思乱想。我求你，不要再说了。”

但是我还是说了下去。我劝她选别人，有一打人可供她挑选，不非要选路易斯。她的回答还是和先前一样。

那些读过先前章节的人，那些知道我致命弱点的人，可以猜想到这次会面的结果。优柔寡断，容易被他人左右，这些缺点从一开始就伴随我。在我离开寡妇之前，我答应她，顺服她关于那个男孩的要求。他已经是我的了，我对自己说，为什么我不可以随意处置我自己的财产呢？

我说过，那个克里奥尔人非常疼爱她的弟弟。当这件事向她挑明的时候，谁能想象她内心掀起的波澜？起初，是愕然，是目瞪口呆，是难以置信。接下来是暴风雨。那些在她心里沉睡良久的可怕习性，如今都被激起。难道那个陌生人——那个远道而来、皮肤白皙的第三者不仅要夺她所爱，还要把她的弟弟抢走，成为供她呼来喝去、随意使唤的奴仆吗？那个来自异地他乡的精致娃娃，她有什么权力，夺走她曾经拥有的幸福？当她想起这些事的时候，她恶狠狠地咒骂她的情敌。

路易斯被送到了新的女主人那里。在他离开之前，有人看到他的姐姐和他会了几次面，每次时间都很长。两人见面聊了什么，只有他们自己知道。

最终，玛格丽特的厄运到顶了。谣言纷纷传到她的耳里，说什么我准备和她离婚，还说我计划和寡妇结婚。谣言的后半部分不过是人们乱嚼舌根罢了。

那个克里奥尔人还是住在庄园之前的房间里，但是我已不住在那里。我很多时间都花在监工的住处那里。伯恩忙于种植园的事务。然而，我俩还是日日饮酒，我们的友谊仍如之前一样牢固。

当我回顾这一段的人生，比起之前的种种经历，我对这一时期最为懊悔和遗憾。我早年犯错是因为不谙世事，一时冲动。这些过错或是因为我被酒精麻痹，失去了自我控制的意识，或是情势所迫，可以归结为我身上致命的弱点，我之前提到过，那就是优柔寡断。但是住在伯恩家的那几周，我犯下的过错，更多是经过有意计划、事先预谋的。我的眼睛睁着，但我却一意孤行，仿佛睁眼瞎一般。

我想，真正的缘由在于我之前以及当时酗酒的恶习。这种恶习对我的损害是潜藏的、隐秘的、致命的。它让本就消沉的意志更加萎靡，我就像茫茫大海上一艘失去桅杆的船。我意气用事，任凭命运之风摆布，我为曾经干过的无数件傻事而懊悔。这些愚昧的行为让我的人生像一部虚构的作品，而非实实在在的生活，真实的记录。寻欢作乐的后果是多么糟糕啊！

我将一切弱点以及降临在我生命中各种灾难的起源追溯到科尔比拉我去酒吧的第一晚，在灯红酒绿之中，我堕落之路的第一步由此开始。

第十九章

谄媚的话语徒劳地，
把痛苦说成容易，把冲突说成休息；
一种神圣的死亡，
交织在生活的弦中。

——布莱恩特

就在一切如前面所说进展之时，一场危机不期而至，它来势汹汹，不仅要摧毁我和寡妇之间的爱情，还想夺走我们的性命，以及种植园里所有人和邻近乡人的性命。在南部，肆虐的瘟疫出现，并四处蔓延开来。到处人心惶惶，惊恐不安。起初，可怕的瘟神时不时在各处击倒一两个人，过了一阵，瘟神变得不知足起来。

瘟疫爆发之初，康韦夫人本可以赶回北方老家。然而，我却离不开她，我对她说瘟疫远远没有传说的那样可怕。我嘲笑寡妇的胆小，尽管我内心谴责自己没讲真话，但我却对她说没有什么危险。

因此，以为一切太平的她留了下来，后来一切都太迟了。当真相最终传到她耳里之时，去留都一样危险。然而，这个女人的爱是如此热切，考虑到我说谎的动机情有可原，她原谅了我欺骗她的行为。

瘟疫刚刚袭击过的地方是伯恩的种植园附近的一个村庄。那里少有人往来，地理位置也有利于躲避瘟疫，那里的居民起初还自鸣得意，希望有机会逃过已将邻近村镇袭击一番的瘟疫。然而，他们的希望落空了。一天，可靠的消息传到了种植园主伯恩处，瘟疫已经降临，而且，糟糕的是，它瞄准的第一个对象是一个可怜的家庭，他们的房子靠近伯恩的庄园的边界。伯恩的家庭医生就是那个通风报信之人，他劝伯恩小心谨慎，还再三叮嘱，由此引发的恐惧和不安将会引发更为可怕的后果。

这一切都没有传到康韦夫人的耳朵里。我为自己的欺骗而自责不已，想尽一切办法保护她不受席卷这一带的危险的侵袭，也绝不允许她听到半点消息，免得她胡思乱想，心绪不宁，因为心思狂乱正是那名医生极为反对的。她初来乍到，对这里的气候不适应，比当地人更容易受到疾病的侵害。我知道，一旦遭到那可怕的病魔的袭击，她根本就没有痊愈的希望。

但就在人心惶惶、人人提心吊胆之时，有个人却毫不在意，这个人就是被遗弃的玛格丽特。她一点也不在乎肉体会面临的危险，因为她整个人都沉浸在更深的忧伤之中，憔悴不已。她不仅痛苦，而且在这一颗被伤害的心中，萌生了对伤害她的人报复的念头。对于我，她有的只是一腔深情，但是对于她的情敌，她恨之入骨，这种深切的恨意在任何一个因嫉妒发狂的女人心中都会涌现。

当她听说瘟疫来临，她的第一反应就是希望寡妇成为受害者。当消息传来，说在离我们最近的乡村爆发了瘟疫，她头脑中立刻想出了一个诡计，一个神不知鬼不觉的复仇阴谋。这个女人当时这一连串的想法和举动，尽管我当时蒙在鼓里，但是事后却深深地印在我的记忆之中。

第二天，她的弟弟路易斯来到种植园园主的住处，为他的女主人跑腿。这桩跑腿的活是否需要男孩姐姐的亲自关照，我不得而知，但是孩子在玛格丽特的住处与她密谈良久。孩子离开时，眼眸里闪着狡黠的光，说明他深谙姐姐的心。

就在那天下午，在伯恩的种植园里一条弯弯曲曲的小径上，有两个人在缓缓散步。一个是女士，另一个是个俊秀的男孩，脸蛋微带浅色，但还是微微暴露了他的非洲血统。女士是康韦夫人，男孩是她的用人路易斯。

“真是高兴啊！”寡妇说，“能够再一次呼吸新鲜的空气。我困在室内太久了，到外面来还有点不太习惯。”

身旁的男孩继续走路，沉默不语。

“你难道不觉得吗，路易斯，由于伯恩先生和埃文斯先生的怪念头，我们就被莫名其妙地关在屋里。就在前几天，埃文斯还告诉我，任何情况下，我都不能去房子外边溜达。我希望，你们这里该不会有强盗吧？”

“我从来就没有听说过有什么强盗。”孩子回答。

“还有这种病。”夫人说，“居然出现在我们中间，多么可怕的事情啊！他们说，像我这样从异地来的人，更容易染上这样的病。”

孩子抬起头来，用一种奇怪的神情看着他同伴的脸，他继续走路，一言不发。

“这里的空气多么清新啊！”夫人继续说，她更像是自言自语，而非说给其他人听。但女人的毛病是众所周知的，康韦夫人也不例外。“这里的空气多么清新啊！南部的生活真好，光这温暖舒适的空气就很好。鲜花遍地，烦恼也少，水果也多，在我们那寒冷的北部，从来不长这些水果。但不管怎么说，我最喜欢听鸟叫声——听南部那些会唱歌的鸟儿唱歌！”

“您觉得一只会唱歌的鸟儿怎么样？”路易斯突然问。

“我觉得这样的鸟儿值得拥有。”女士说。

“您想看一看这样的鸟儿吗？”男孩说，他抬起头来看康韦夫人的脸，声音带着一丝颤抖。

“当然想看。”她说，嘲笑他那幼稚的殷勤，“我喜欢平静、一成不变的生活里有些变化，不管这变化是多么微小。我们在哪里可以找到你说的宝贝儿？”

“穿过前面那条路。”路易斯回答，“前面树林那边。安迪·华纳住在那里。他房间里有一只那样的鸟，挂在笼子里。”

“快走吧。”寡妇笑了起来，“安迪·华纳会给我们展示这个宝贝的。”

她催促着快走，但孩子不肯走。他的眼神流露出一丝惊恐，从头到脚都在发抖。

“怎么啦？孩子？”女士高声说，“出什么事啦？你病了，路易斯，我恐怕，你真的病了。”

“不，我好着呢。”孩子回答，恢复了之前的神情，“走吧，我们去安迪家。”

他们走下小路，沿着路易斯刚才指的那条路往前走，它通往一个僻静的地方。路易斯刚才所说的房子离大马路有一段距离，此刻，没有一丝住人的迹象和生机。他们敲了敲门，过了一会儿，一个女人来开门，她满脸诧异地望着他们，康韦夫人不知她为何这副神情。两人告诉女人到访的原因，她站在那里，又看了他们一眼，这一回，看的时间更长，眼神疑惑、狂乱。

“那里！”路易斯用手指着说，“鸟在那里！”

康韦夫人抬头一看，看到了那只南方的知更鸟，在靠墙的笼子里。然而，这个小小的歌手却无精打采，它垂下头，毫无生气。

“你能让它唱些欢快活泼的曲子吗？”客人兴致很高，她转身朝着女主人问道。

当康韦夫人看清了正朝她说话的这个人的脸，她猛地一惊。那个女人看起来就像是一个鬼，她脸色惨白，浑身上下透着一种难以名状的怪异和癫狂。康韦夫人立刻闪过一个念头，这个人被鬼附身了。她急急转身，想离开房间。

“老天啊！”脸色苍白的女人尖叫道，“她居然在这里说要唱些欢快活泼的曲子！”

此时寡妇惊恐万分，匆忙离开。当她发现自己再次闻到清新的空气，路易斯就在身旁，她才回过神来。返回之时，他们步履匆匆。天色已晚，他们离菲利普斯的房子还有很远一段距离。

那天下午，我去拜访监工家，被告知康韦夫人已外出散步。我开始四处寻找她，希望陪她回去。就在她路过伯恩的住处附近时——那是她的必经之地，我遇到了她。

她立刻给我讲述当天下午发生的事。当她说起散步的线路，我心里一惊，一种不安的预感袭上心头。我不敢相信这种感觉，然而又觉得风雨欲来。

“但是别担心！”寡妇高声说，她不停地讲下去，最后来了一句，“我想，安迪·华纳总有一天会自己在家，到时，我肯定会受到更加礼貌的接待。”

“你是说，”当这个名字传到我的耳中，我大惊失色，一种濒死的恐怖爬上我的心头，“你是说安迪——”

我踉踉跄跄，抓住空气，好似一个人想抓住点什么以免摔倒。

“你是说安迪·华纳吗？”我的喉咙里发出一声沙哑的低语。

“是啊，是啊，就是这个名字，我想……”惊诧茫然的夫人转过身去，用探询的眼神看着路易斯。

“你难道疯了吗？”我大喊起来，语气又惊又恐，“第一起热病就发生在那间屋子。安迪今天早上死了。如果你仔细看看，没准会发现他的尸体，还摆在那儿呢！”

片刻后，一阵尖厉的哭声响彻天空，荡起回声，远处也传来刺耳的哭喊。哭声一声接一声——寡妇晕倒在草地上，完全不省人事，我想传染恐怕还没有来得及发作。我既痛苦，又惊讶，完全慌了神。但是时间不等人，我把这个对我而言如此可亲的人儿抱在臂弯，进到种植园园主的住处，告知了这个紧急情况。过了一个小时，寡妇从昏厥中苏醒，但是她仍然像婴儿那般软弱无力。叫来的医生坚决反对把她抬到数英里以外、菲利普斯的住宅去。

于是我告诉其他人不要去抬动寡妇。寓所南面有个房间带着长长的落地窗。那个房间留给寡妇作为养病之所，我把她抱了进去。

第二十章

我的朋友啊，我对你说，
当我审视生活中的一幕幕，
它们总是在我清醒时给我启发，
当我入睡时，
它们总是在我甜美的、空缈的梦中，
起舞。

——弗里斯比教授

在暴风骤雨、一团乱麻的生活中稍事停顿，回首过往的岁月，是多么令人神清气爽啊！我想，静下心来，认真地审视我们曾经做过的蠢事，这里面有一种满足感。我们收获了经验，这一点让我们开心。也许，我们现在的处境和曾经的处境两相对照令人快意。不管怎样，必须承认，刚刚抵达成熟之年就爱追忆过往是人们喜欢的一项乐事。当我们刚刚成年，我们就喜爱回忆少年时代的时光。在人生的暮年，我们喜欢回忆早年发生的事情，带着饱经沧桑的快乐，沉浸在往昔之中，回望逝去的季节。

我发现自己常常爱回忆过去，回忆我前面所述的那些最惨淡的、最堕落的事情，为何会这样，除了上述观点，我说不出所以然来。当我回想这些事，我心中本该涌起苦痛和羞愧，但我并没有。确实，之前对往事的描述，对我而言并不愉快，但是当我自省之时，我发现一种快乐。我喜欢做白日梦，那是一种纯真的快乐，只要不是太没有节制。

康韦夫人死后好几天，我都把自己关在屋内，除了晚上或清晨，几乎闭门不出。在这段时间，一种病态的怪癖将我紧紧抓住，尽管幸运的是，它随着环境的改变很快消散，但是当时却异常强烈。无疑，究其原因有两点，一是我闭门不出、忧郁反省，二是我之前的酗酒恶习。这种让人胡思乱想的狂躁让人天马行空地狂想——我常常接连两个小时陷入恍惚中，看到奇怪的东西，却对身边正在发生的事浑然不觉。我接下来就要讲述其中一次的经历。

有天黄昏时分，我正坐在一张安乐椅上，靠近一扇敞开的窗户。我的膝头放着一张正在读的报纸，上面刊载了一篇雄辩的禁酒宣言的几处片段。静谧的景色、阴郁的光线以及过去几天来一直笼罩我的那种奇怪感觉，此时全都形成一股合力。

我觉得自己正在一个人口众多、国力强大的帝国的城市中间穿行。那里有海港，船队熙来攘往，带来世界各地的货物和富可敌国的商人。那里有巨大的内陆城镇，街道宽阔恢宏，两旁都是大理石宫殿，一派生机盎然，欣欣向荣。我站在城堡高处，看见星条旗——自由的象征——正在迎风飘扬！

这个国家的人多得数不胜数！我往前行，再往前行，人群蜂拥而行，比之前更加密集。在我看来，这个国家似乎没有边际——它的疆域辽阔，国土延伸至北方的冻土，又抵达炎热南方的海滩，两个浩瀚无边的大洋在它两侧。

梦里奇怪的感觉告诉我，就在我站立于这个辽阔的国家之时，四十年已经过去了。我正置身该国最大的一个城市，那天刚巧是某个重大的节日。人们在大街上匆匆忙忙往来奔走，孩子们都穿上了最漂亮的新衣，商店歇业——每个人都沉浸在节日的气氛中。

“难道不是吗？”我听到一个路人对同伴说，“难道不是一件荣耀的事吗？”

“最最荣耀的事！”第二个人说。

我听不到他们接下来说了什么，因为两人已经走远，笑容现在他们脸上。

不久，跟随着人群，我来到一个宽阔宏大的好似角斗场的地方，一个人站在中间，正对众人演讲。他演讲的内容似乎是为演讲结束时即将发生的事情做预备。

“那条诱惑之蛇，”那位演讲者说，“今天，他最后的奴仆将要脱离他的魔爪！好久好久了，我们盼这一天盼了好久了！这是我们的希望，是鼓舞我们的灯塔，带领我们穿越辛勤劳作的黑暗季节。多年前，有谁能想到，这一天这么快就来临了呢？

“现在，人们自由了！他行走在大地上，担当了上帝之名。我们听到震耳欲聋的呼喊，更新！更新！

“为了这一刻，那些曾经痛苦煎熬的灵魂难道不欢欣鼓舞吗？谁知道他们的灵魂没有升到高天之中，正在高兴地看着我们，祝福我们呢？谁能说此刻他们不在为所发生的事情赞美至圣者呢？

“那个诱惑者已经失去了他最后一个奴仆。今天，我们的宪章中又增添了一个人的名字——正是他完成了伟大的工作！”

那个人又滔滔不绝地说了很长时间。然后，人群散开，显然要去参加另外一个重大的欢庆仪式。

我来来回回走了一个多钟头，来到了一条宽阔的大街上，我看到人们从四面八方涌向这条大街。远处响起了乐队奏乐的声音，乐声愈来愈大，好似乐队正朝我们这个方向过来。

终于，我看到了一支长长的、壮观的游行队伍，迈着庄严的步伐走来。走在前列的是一队盛年男子，英姿挺拔，透着阳刚之气。他们举着许多横幅，上面的标语上写着，他们从前都在那个诱惑者的控制之下，但如今已得救赎。接下来我看到无数年轻人，他们面容灿烂，眼睛明亮，跟着之前的那些人，无疑这些年轻人终将在这个世界上占据他们应有的位置。还有豪华的马车及随从，马车里坐着高官和权贵。游行队伍拉得很长很长，似乎没有尽头。

游行队伍中最壮观的部分由女人和年轻女孩组成，她们着装优雅，她们的微笑让这个场景都生动明媚起来。我还看到了许多孩子，他们的表情快乐纯真，让看到他们的人都心生快乐。

在这条长长的队伍中，有无数的旗帜、标语、道具，无不表达着胜利和欢呼。我注意到，有个道具做成一个身着白袍的美丽女子形象。在她脚下，有一个毫无知觉的丑陋恶魔，成千上万人曾倒在他的魔爪之下，然而此刻这个恶魔已死，不再有能力。这个女子的目光透着慈悲和仁爱，她手中拿着一杯清澈的水。

游行队伍的末端是一辆大马车，上面只有一位中年人，当他经过时，人群都朝他欢呼致敬。看来他是这一切庆典仪式的主题和一切欢乐的源泉。

“他是谁？”我问一个过路人，“他是谁啊？刚才那个人们朝他欢呼的人是谁啊？”

这个人一脸诧异地望着我。

“你难道没有听说吗？”他回答说，“没有听说今天这个伟大的胜利？车上的那个人就是诱惑之蛇的最后一个奴仆。”

“那么，这就是今天众人如此高兴的原因？”我说。

“当然是啦。”那个人回答。

但是我明白他的意思，尽管他用奇怪的话语说这些。

于是，我随着身边的人，继续往前走去，直到最后来到一片辽阔的原野，在那中间有一个裸露的脚手架。上面站着我之前在游行队伍中看到过的那个人——那个最后的奴仆。四面八方，放眼望去，人头攒动，好似一个整体。

“欢呼吧！”人群中有人呼喊，“我们过去的敌人已经被抛弃了。我们胜利啦！”

人山人海中响起雄壮的呼声，这声音似乎能穿透天际。

此时，站在脚手架上的那个人开口说道：

“我真高兴啊！我今天能够成为重生大军中的一员。你们已经忠心耿耿地奋斗了很长时间，你们的回报终于来了。太好了！”

听到他如此说，热烈的呼喊声响起，表明人群非常欢喜。

“我们欢迎你！”众人异口同声地喊。

“今天，”他继续说，“我抛弃了昔日的锁链，给自己套上了喜乐的约束。我是诱惑者的最后一个奴仆，这没有什么好吹嘘的，但如今我能够站立在你们面前，我欢喜快乐。”

一位德高望重的长者走上脚手架，给演讲者递上一份文件。后者欣喜地接过文件，抓过桌上的一支笔，在上面签上自己的名字，并把文件举起，展示给众人看。

很难去形容那震耳欲聋、响彻天际的呼声，因为所有的工作都完成了。他们高声欢呼——

“胜利！胜利！诱惑者的最后一个奴仆已经自由了，人们重生了！”

第二十一章

坚固结实的大地啊，
不要听见我的脚步声音，
知道它们是到什么地方去的，
是向什么地方去的，
我怕路上的钻石会泄漏了我的行踪。①

——莎士比亚

寡妇有无可能逃脱小屋之行带来的致命后果呢？不管对于其他心平气静的人来说这种概率有多少，我看到的是，那种不安和无休止的惧怕从未离开过寡妇。

那次不幸的散步之后的第二天结束之前，康韦夫人的脸颊上显露出了可怕的疾病的征兆。对于仆人来说，这是逃离的信号。他们之前听说过这次瘟疫凶险异常，个个惊惶不安，我发现很难为康韦夫人找到合适的人手来照料她。即使在疾病还没有完全显露狰狞的面目之前，仆人们就拒绝靠近她。然而，这个不幸的女人始终有一个忠心耿耿的奴仆。日日夜夜，我守在她房间门口，不眠不休地照顾这个

① 以上出自《麦克白》第二场第一幕，以上译文引用朱生豪先生译文。——译注

病人。

我觉得没有必要把夫人的病情详细记录在此。对于患病之躯，很少有人愿意多看两眼，或者愿意去想象。眼看着华美殿堂的基座坍塌，里面神秘的家具挪了位置，气息衰弱——谁的眼目有如此不良嗜好，乐意观看这悲惨的场景？人的灵魂爱它的居所，眼看那居所受到病魔侵袭，灵魂尽管未受损失，也不免在幽暗处感到戚戚焉。

终于，时候到了，关键的时刻。医生来了，带着一副明察善断的表情，他告诉在场的人，病人处在最危险的关头。他准备了一些令人作呕的混合药剂，给出了如何服用的指示，最后，他告诉我，接下来的这个晚上，这个煎熬中的女士很有可能会继续昏睡，之后将迎来新生，也有可能死去。

玛格丽特最近去哪儿了呢？就居所而言，这个卑鄙的克里奥尔人仍住在她之前的地方，但是她的魂、她的快乐已经永远地离开了她。她很少离开自己的房间，总是单独待着，郁郁寡欢，沉浸在悲痛和所受的伤害之中，而很多次她这些想象的痛苦比实际的痛苦要大。

事情看起来总是这个样子，这个女人有一些好品质，但心里仍残存着野蛮人的暴虐。当康韦夫人的病情显得好转，玛格丽特的心情就会沉重和痛苦；当病中的女人在鬼门关前徘徊时，另一个人的心就会欢欣雀跃。

当那个克里奥尔人听说医生宣布关键的时刻已经到来，还听说病人很有可能陷入长时间的昏睡，这个被遗弃的宠儿又问了一遍送信人。得到了同样的回复，她足足坐了一分钟，显然在盯着眼前的某幅幻象。终于，那幅幻象似乎在她眼前消融了。她深深地吸了一口气，恢复了寻常的表情。

唯有神秘之神知道，当时当刻，以及那个可怕的夜晚余下的时间，那个妇人心中涌动着的情感。多么的深仇大恨——多么歹毒的自我煽动——多么不屈不挠，然而又左右摇摆的意志——多么残忍卑鄙的想法——多么疯狂的、清清楚楚的恶魔般的目的——这一切的一切，都在那个不幸的女人的心房升腾、翻滚，都将埋葬在逝去的过往的黑暗里：这黑暗也落在谋杀者的可怖动机中，落在充满善意的纯洁无瑕的灵魂上！

夜幕降临，黑暗笼罩了种植园园主的庄园。在那个生病之人的卧房，有一盏灯，发出微弱的光，似乎要喘出最后一口气——对于那个躺在近处、奄奄一息的躯体而言，这是不祥之兆。那里没有一个护工或看护，因为医生说这无关紧要。所有人都因为长期照料病人而筋疲力尽。就连在门边的我也陷入了沉睡，疲惫的躯体拒绝再添加任何要求。

有一扇长窗是半开着的。在那扇窗户旁边，时不时地，闪着一双小而明亮的火球，定睛注目某处。这双火球有时会退回到阴暗处，然后又会朝屋内窥视，方向总是朝着床上躺着的那位病人。

要说床边没有人盯着绝对是错的！整整三个小时，那亮闪闪的东西，其实是人的眼珠，一直在监视着这个无声无息的地方。整整三个小时，除前面提到的眼珠转来转去以外，没有任何动静搅扰这持久的凝视，也没有任何声响打破这阴沉的寂静。

夜深时分，寡妇醒了。当她苏醒时，她身上冰冷的血液，五天来头一次贯穿了全部的血管，那些血管不再跳动着灼人的热。她知道自己活过来了。

四周悄无声息，寡妇为此感到高兴，她感到一种劫后余生的平静。

“感谢上帝！”她喃喃低语，“感谢上帝！我还没死！”

这声音非常微弱，尽管微弱，还是传入了旁人的耳朵。它们似一把利剑，穿透了那个克里奥尔人玛格丽特的心。她正是整整三个小时、在窗外眼睛一眨不眨的那个人。

难道她的情敌就要好起来了？难道她所有的希望都将化为泡影？那个细细眉毛的北方娘们就要嫁给她所爱的人了？不，这桩婚事绝不可能。

她轻轻拉开窗帘、潜入房间时，这个克里奥尔人的眼睛中闪着令人恐怖的计谋。她蹑手蹑脚地靠近那个病妇的床头。她停顿了一会。寡妇躺在那，还是那样美貌，她安静地躺着，就像一个熟睡中的婴孩。当玛格丽特靠近时，病人翻过身来，看了来人一会，显然，病人并不知道她是谁，或许以为她是某个雇来的仆人吧。

那个卑鄙的女人一点点、一点点挨近，此刻，她就站在床边。寡妇还是很安静，她一点也不害怕，一点也不怀疑，完全没有意识到什么。下一秒，她的脖子被一双大手紧紧地钳住。她惊惧不已，想放声大叫，但是叫不出来。这是多么大的折磨啊！她翻滚着、挣扎着、扭动着，但这双致命的手丝毫也没有松开。

杀人犯死死地压住她。可怜的女人！她感到异常难受，一切的记忆、想法和恐惧全部袭上心头。她的气息越来越微弱，她的挣扎越来越无力，她的翻滚停了下来。然而那双可怕的手依旧没有松开。那双令人窒息的手死命地卡了好几分钟。

此时，玛格丽特无须再保持那紧勒的姿势，最后那一声微弱的咯咯声表明阴谋达到了顶点。她的诡计得逞了。她的复仇成功了！

那个夜晚余下的时刻，一个身影在附近的花园和庭院悄无声息地走着，就像为了某项任务、游荡在大地上的孤魂野鬼。明亮的星星闪烁，清凉的微风吹过，但是这个身影却漠不关心，飞快地走着，行迹弯弯曲曲，显然没有特别的目的地。有时这个身影走上一条小路，停在栅栏旁，轻轻倚靠，看着草地上成双成对躺卧的牛群；有时这个身影俯身小心翼翼地摘下一朵鲜花，嗅着花的芳香；有时这个身影又像大理石雕塑一样一动不动，目光呆滞地望着空气好长时间。上述都是那个奇怪的身影的怪异举止。

这个行踪飘忽的身影正是那个杀人犯。当第一缕晨光出现在东方的地平线时，她回到了她的住处。

第二十二章

把毒药投入酒杯里的人，

结果也会自己饮鸩而死。[1]

——莎士比亚

第二天早晨，人们发现寡妇已经死了，关于我的心烦意乱、尸体的安葬，以及那个克里奥尔人故意透出的平静，我都不在此提及。其他人心中是否对寡妇的死亡有所怀疑，我不得而知。然而，就我而言，我当时一点也没有觉得此事有何蹊跷，也未曾细细回想整件事的前因后果。很有可能，在当时的情况下，无人认为康韦夫人之死另有原因。

但是负罪感有一种强大的力量，这力量滋长着它，终使它变成嘲讽。这次也不例外。玛格丽特的弟弟路易斯也病倒了，病因和大家以为的害寡妇死去的疾病一样。奇怪的是，当那个克里奥尔人和男孩共同谋划诱骗他的女主人进到那个被传染的农舍时，她并没有想到，路易斯也很有可能会染病。她的整个身心都被复仇这一目的占据了，没有想到还有其他连带的后果。我发现，坏人总是鼠目寸光，在他们策

① 以上出自《麦克白》第二场第一幕，以上译文引用朱生豪先生译文。——译注

划、参与的阴谋诡计当中，一些小事不为他们察觉，事后证明，正是这些小事让他们受到了惩罚，令他们后悔莫及。

夜幕再次笼罩了种植园，又一次，病魔在那里寻找到了一个牺牲品。这个受害人就是小路易斯。他已经搬离了监工的房子，此时住在他先前的住处。与先前那个病人一样，同样呼吸困难，同样无法动弹。但是病房并未如此前那样被人遗弃，许多人在那里照看他。也许，他们变得麻木了，不再害怕，因为这算不得什么新鲜事。也许，他们认为，比起之前那个病人，一个生病的孩子的房间安全一些，没有那么可怕。玛格丽特站在一旁，非常安静，她双眼失神地看着，面无表情，好似一个丢了魂的人。面对昏迷不醒的弟弟，她完全不知所措。

终于，沉睡者苏醒了。克里奥尔人尖叫起来！但路易斯只醒了一会，他痛苦地翻了一下身子，很快，又陷入了昏迷，完全不省人事。一层雾气迷蒙了玛格丽特的眼睛，那是恐惧和痛苦的泪水，当它们消散，她看清了，躺在她面前的，是自己弟弟那一动不动、惨白的尸体。

在场的人都被她的哀恸怔住了。她高声尖叫，环抱着男孩，把他的额头放到自己唇边。她呼喊着他，用昔日种种最可爱的小名。她悲痛欲绝，伤心不已。她嘴里疯狂地喊叫，让听者闻之愕然。

“不要走！”她叫道，望着男孩毫无生气的躯壳，“不要走。快乐的日子还没有过去。如果你离开了我，我的心就会碎掉！”

接着是一阵低语：

“哦，绝不要向我提起她的好。把她带到我说的那间木屋。她是一个妖婆，会偷人的心。”

她停住了，失神地望着眼前的幻影。

“她睡了好长时间啊！今夜过后，她要睡得更久，更沉。温柔地！温柔地！温柔地！”

心弦激烈地拨动。克里奥尔人重重地跌坐在地。那些站在一旁的人面面相觑，但无人说话。

显然，大错已经酿成，重重地压在这个卑鄙妇人的心头。她的话语和她那奇怪的姿势让旁人听出了弦外之音。闲言碎语，一旦说开去，就很难止息。很快，流言蜚语传到菲利普斯的耳中，说他的亲戚被谋杀了——被她谋杀了，而她正是菲利普斯一直伺机想教训的人。

这个监工，虽说有不少缺点，但精明能干、头脑清醒。在搞清楚这桩神秘事件上，无人能比过他。一方面，他有义务为死去的寡妇找出真正的死因，另一方面，他复仇心切，因此，他的每根神经都异常警觉。他非常精明地侦查，任何蛛丝马迹都逃不过他的眼睛。不出所料，他很快就发现了许多疑点，证实了他的猜想。

许多其他人认为的微不足道的事，都被他记录下来，这些小事累积起来，构成了一系列物证，就连最不轻信的人也不免怀疑。他回想起了康韦夫人的尸体那副奇怪的样子——床铺为何凌乱不堪，好似经过一番猛烈的挣扎——她脖子上的青黑色斑点——敞开的窗户——从外面地上进到室内的某人的一连串脚印——甚至第二天早上玛格丽特的卧榻上没有前一晚睡过的痕迹——这一切，都被那个不知疲倦的观察者挖掘出来。其他许多细微和相关的事情也逐渐曝光——一切都指向了那个可疑的女人。

菲利普斯夫人请求有关人士批准，并派人把玛格丽特关在牢里，至少，她身上疑点重重。

与此同时，我完全惊得目瞪口呆。当有关对那个克里奥尔人确凿指控的消息传来时，我平生从未如此震惊！我既无法协助监工套出此事的更多真相，也无法包庇这个我曾经深爱过的女谋杀犯。我把自己关在屋里好几天，等待这些可怕的事情尘埃落定。

让我快点讲到结尾。关于这段经历，我已经讲了太长太长时间。然而，尽管我花这么长篇幅来描述，但从我最初和伯恩先生相识算起，只不过五六周的时间。我很高兴很快就要结束这一章了，因为描述这些往事让我极为难受，我一想起来就厌恶。

监工继续调查，但他本不必如此辛苦。出于某种动机——唯有伟大的心灵鉴查者才能够揣度这种动机，那个克里奥尔人很快打发人把菲利普斯和我叫去，完全承认了她的罪行。她告诉我发生的一切，那些事我已经在前面两章讲述过，但事情发生之时，我一无所知。当天夜里，她在监牢中自杀。我再也没有见过她。

第二十三章

何物会摧毁最甜美的安宁？

酒精！

——禁酒之歌

当我准备踏上回纽约的行程时，回想发生的一切，恍若梦中。往事如此不可思议，而我的行为也如此荒谬不堪，我难以说服自己承认这一切真真实实发生过。

伯恩不愿意与我分开。这段交情虽然短暂，但我俩都享受其中。确实，他归隐在此，生活很少因陌生人的到来而变得丰富多彩，他孤寂的时刻也没有良伴来解闷。在我离开之前，和他倒数第二次见面时，我们严肃讨论了过去几个月发生的事。我想，尽管并未明确说出来，我俩都心知肚明，那一次我和他酒酣耳热之时商定我和那个克里奥尔人的龌龊婚事，是后来发生的一切恶事的根源。

我刚进城回到家中，就有送信人赶来，要我去和古董商老朋友李先生见一面，他正卧病在床。我去看他，发现他病得和所说的一样严重。但他还是马上就认出我，他从床上坐起身，和我热情地握手。

“我派人叫你来的原因，”他说，“是要跟你说，不管过去我俩之间发生过什么，我思来想去，还是想把我的财产赠予你，这些钱财都是我正正当当赚来的。"

我惊呆了。

"先生，"我说，"你为何要对一个陌生人施以如此大的恩惠呢？"

"我的怪念头，埃文斯，"他回答说，"或许是我心血来潮吧。但我俩并非陌生人。我一直在自责，当你初来乍到，好似被上天的手抛到我身边让我来看管的时候，我没有对你施以慈父般的关怀。"

"先生，其实，"我激动不安地说，被这个老人的善良感动得快要落下泪来，"我并不指望这些。"

"不管怎样，"他说，"我时不时打听你的境况。虽然你不知道，但是我一直在暗中了解你的生活。我相信，你那些浪荡的日子已经结束了——那些经历教给你了智慧，这样一来，我要交给你打理的财产不会被肆意挥霍。"

这个病中的商人靠着枕头坐起来，要我再听他讲几分钟，他要把他的故事简单说给我听——为何年迈的他孑然一身，没有家人，没有亲友。接下来我将把他的故事用我自己的话讲出来。

史蒂芬·李早年从父亲那里继承了一笔不菲的遗产，让他能够在商界闯荡。他雄心勃勃，善于经营，很快就打拼出一片天地。他被年轻貌美、气质不俗的表妹吸引，开始追求她，很快两人就喜结连理。

头几个月，幸福环绕着他们，生活顺遂，万事顺心。一年过去了，李先生的妻子生下一个儿子。欣喜不已的父亲此时觉得他的人生美满了。但是分娩过后几天，这个年轻商人的妻子却显得病恹恹的——日子一长，她的面容越来越惨白憔悴，眼睛也失去了神采。医生给不出合情合理的解释。李先生自己有段时间也蒙在鼓里，但是很快他就知道了那致命的真相，烈酒正是肤色苍白、精神萎靡的祸因。他的妻子原来经常喝杜松子酒！

得知这个令人难以接受的消息，尽管李先生感到很震惊，但起初他以为，妻子养成这个习惯，是利用酒来刺激病中的身体以保持活力。然而实际情况却非如此。新婚伊始，这个可怜的女人非常羞愧，戒掉了酒瘾。但是一次贪杯却让旧习卷土重来。

有一天，当孩子还只有十周大的时候，母亲喝得酩酊大醉，孩子摔下来，撞到了凸起的家具边角，这一撞让孩子再也没法恢复过来。一周后，孩子死了，尽管医生从未明确说出孩子的确切死因，但是大家都非常明白，孩子从醉酒的母亲怀中跌落下来是原因。

又过了两三年，李先生又有了一个孩子，但这个孩子的命运比之前那个好不了多少，死于照料疏忽。

那位母亲——那个可爱的、受过教育的妻子，那个商人原本以为可以携手共度幸福一生的妻子，居然是个酒鬼。愧疚感折磨她，她不堪忍受，没熬多长时间，也进了坟墓。她是酗酒这一恶习的牺牲品。

李先生过了好多年才恢复自己的天性。他生性开朗，无法总是忧忧愁愁，沉浸在厄运带给他的打击当中。他爱好狩猎，喜爱乡野，常去乡间游览。他也喜欢我们美国人早期的历史，喜欢各种传统和典故，他大部分闲暇时光就花在上面。至于他的生意，他也尽心打理，他让日子过得尽可能有滋有味。

“你说你是个陌生人，”我离开他前，他对我说，“可是你并不是，至少不像这世上其余的那些人那样。我的至亲，他们活着的时候从未对我好，现在早已进了坟墓。对于我的财富，没有什么比得上把它们交在一个我信任的人手里更好的了，我相信他会拿出部分钱财来制服酗酒这个可怕的恶魔，因为这个恶魔让我俩都大受其害。”

当我离开之时，我思忖着这位老人对我的顾念，以及他这番非同寻常的见解。当然，我居然有机会获赠一大笔财产，真是喜出望外，我不禁思考该如何使用这笔财富。

过了不多时日，李先生去世，长眠在地下。尽管他的一些远房亲戚对他的遗嘱颇有非议，但也无权否认。我接管了他留给我的财富。

第二十四章

禁酒的旗帜！禁酒的旗帜！
自由的旗帜！
禁酒的旗帜！禁酒的旗帜！
自由的象征！

——华盛顿吟游诗人

于是，还未到人生的中年，我发现自己居然拥有了一大笔财富。然而，我却是个“孤家寡人”——没有妻子来爱我，没有孩子来讨我的欢心，让我能够宠溺他们，没有一家人环坐壁炉其乐融融的场景，我所有的喜怒哀乐都无人分享。尽管贪杯的恶习让我饮下了许多酒，但我的身子骨仍然能够让我得享年岁，而且没有一丁点人们常有的疾病。

马尔基翁一家仍然是我最亲密的朋友，我常常拜访他们。

“我想，埃文斯先生，”有一天，马尔基翁夫人对我说，“有件事还需要你做。近来，我发现禁酒运动取得了比我们预期要大的进展。人们现在不再满足于仅仅戒除烈酒，而是戒除一切的酒。我近段时间反复思考此事，我认为完全戒酒确实是唯一安全的出路。”

我近来也在思考这件事，也有着近乎一致的看法。

“亲爱的夫人，”我说，“您的话说得太有道理了，您自己可能都想不到。我曾经试过旧的戒酒令，凭良心说，从我签字那天起，我也曾遵守过一段时间。然而，要是我告诉你自那以后发生在我身上的所有惨状，这些事追根究底都和酗酒有关，您肯定会震惊不已！滴酒不沾确确实实是唯一安全的出路。我从今晚就要开始施行。”

我说到做到。在第二天太阳升起之前，我签下了承诺，与自己签订的神圣契约，自那以后从未打破，在上天的庇护下，在我有生之年绝不违反这一契约。

我不想赘述我后来的生活。我的弗吉尼亚之行给我接触的几个人带去了灾难，自那以后又过去了几年，随后日子波澜不惊，也没有什么有意思的事情需要讲述。

然而，在我结束故事之前，我要花点篇幅来提到一个人，他曾出现在此前的章节中。我指的就是我的老朋友，科尔比。

有一天，当我经过城市东边的一条街道时，我的去路被人群挡住了，他们正围着一个喝醉酒、做各种滑稽古怪动作的流浪汉。原来，有帮游手好闲的少年人和这个可怜人说，如果他可以跳舞给他们看，他们就会给他钱去买一杯杜松子酒。于是那个醉汉做出各种丑态。

我停下来，注视着这个人的脸，我想我认出了这副面容。我又看了两眼，确信自己没有看错。这就是科尔比，我曾经最亲密的伙伴，那个把我拉上贼船、让我远离正道的魔鬼。

卑鄙的家伙！我曾经多么希望惩罚降临到他头上，这样才能消解他对我的伤害，但看到他这副模样，我所有的愤怒都烟消云散了。他身上的衣服好像是从哪个垃圾堆里捡来的，破破烂烂，到处脏兮兮的。他的面容浮肿，眼睛红肿。我想起了曾经自己在很多天的酩酊大醉之后在码头上醒来的那个早晨。眼前的这个人，比我那时更加可怜可恨。他胡子拉碴，好几个星期没有刮过，脚上连双鞋子都没有。

围观的人群大笑，没心没肺的孩子拍手叫好——根本没有想过这样一幅场景玷污了世人皆有的良知。我感到心痛，匆匆离开。我是何其幸运，才没有沦落到如此惨境？我并未沦为我刚刚瞧见的那个可怜人的同伴，其落魄样我着实不忍描述，反而在社会上拥有一席之地，前路一片光明，这难道不是奇迹吗？当我想起这些，我感恩我的创造者，恳求他的恩惠降临到神圣的禁酒运动。我自己已经在此抛锚停歇，千千万万的人也在此安歇，远离了暴风骤雨，远离了要侵吞他们的滔天大浪。

故事接近尾声之际，说故事的人要一一交代一下出现在故事里面的所有人物，我在此也将遵照这一传统。所幸除了我这个主角外，其他人物不多，这项任务也比较轻松。

交了好运后，我没有忘记乡下的亲戚。我那正直的叔叔曾辛勤地供养我，当时我还年幼，无以为报，如今他能够安享晚年。我的堂兄弟姐妹没有任何理由为他们曾经施加给我的恩惠感到难过。我绝不是忘恩负义、忘记朋友之人，尤其当我有能力回报他们时。

读者在第一章见到的酒馆老板，终日饮酒，潦草度日，让家人蒙羞，让自己难堪。一个冬日的清晨，人们在他和他妻子平日居住的屋子里，发现他已于昨夜去世。他身边还有一瓶打翻了的白兰地酒。他死后，酒馆也关门大吉了。

我的朋友，那个马车夫，也机缘巧合成了一些禁酒会议的参与者。他是一个理智的人，用心聆听他人的观点。最近，我回到出生的那个岛屿，发现马车夫已经成为一个满腔热情的华盛顿社会员。

至于说德麦纳，我从未再见过，因此不知道他的命运如何。然而，很有可能，他混迹于城市芸芸众生之中，这群人心中的神是时尚潮流和奇装艳服，当他们离开其他“温文尔雅”的同伴，他们就不得不节衣缩食，以便在舞会上“惊艳他人”。这样的人离真正的绅士相去甚远，他们就如舞台剧当中那镀金的太阳，自身并没有真正的光芒。

马尔基翁一家继续兴旺发达，他们心地善良，乐善好施，是城里最有身份、最受人尊敬的人家。

我不时收到伯恩的来信。一切照旧，但菲利普斯离开了他，购买了一处自己的种植园。

安德鲁斯，我的前主人，死于悲痛之中，他做股票投机生意亏损了，一位狡猾的股票经纪人超过了他。在他死后，人们发现他的巨额财富及其所依存的根基都是一场骗局。

那个房东老板，就是我在可怜的玛丽去世之后去到的那个乡村，把我骗得一塌糊涂的人，终于在一次耍花招时被抓了。他如今在乡下监狱的高墙内为自己的恶行追悔莫及。我希望在他再次逍遥法外之前，在监狱里得到教训。

我再也没有听说过皮卡诺及其两个同伙的下落。毫无疑问，在我有幸与他们接触之后不久，他们就进了兴格监狱[①]。

我不再光顾寄宿公寓。当我初到纽约寻找落脚之地时，我对那种地方的厌恶总也除不掉。那样的地方很少有家一般的温馨。我常想，那样的膳食制度下的阴郁气氛把很多年轻人赶到了酒吧，或者是其他公共娱乐场所，在那些环境下，要沾染上酒瘾是一件再容易不过的事。我建议年轻人尽早结婚，早日有属于自己的家。

读者朋友，故事已至尾声。我自负地希望，这个故事给你带来了消遣娱乐，尽管我的确抱有部分这样的想法。部分——而非全部。因为我希望，在我们共同走过的旅程中，尽管现在已接近尾声——一些有益的种子已经种下，与此同时，我们收获鲜花和果实。

① 位于纽约，美国最具标志性的监狱之一。——译注

第二十五章 尾声

由于小说通常蕴含了某种寓意，我也进行了新的尝试，让这部作品成为禁酒运动的信使。尽管我不知道读者会做出什么决定，我的写作意图完全真诚，而不会认为读者会对这部作品试图传递的主旨表示怀疑，也不会去惧怕对于该作品传递的信念的任何攻击。

此时，若是去详细论述沾染酒瘾之后带来的危害和诅咒，则显得老生常谈。在过去的八到十年间，一场革命正在轰轰烈烈地进行。“酒之恶魔”的统治受到攻击和摧毁。好人和勇士参与战斗。战士们举起拳头，束上腰带，决心积极投身于这场战斗。他们取代那些疲乏之人，然后又让位给更有干劲的人。旧的堡垒会屈服吗？那是必须的，迟早的事。旧的堡垒好似古代那些长满常春藤的城堡、坚固的碉堡，四围都有城垛，守城之人在楼顶巡视，嘲笑那些前来进攻之人的一切装备。红色的旗帜在城堡至高处迎风飘扬，上面写着令人害怕的警示语：“羞辱和死亡！”每年都有数百万受害者，在堡垒的控制下屈服，走向灭亡。但“放纵城堡”的敌人列队前来，他们互相宣誓，为革新献上生命。高傲自大的城堡长久地抵御每一次攻击——它确实非常坚固，能够抵挡每一个攻城者。但是，良善动机的力量胜过最最邪恶的力量，最终，城堡大门的门闩支撑不住，厚重的城墙坍塌。一处碉堡被攻占，一个塔楼倒下。攻城之人响起了嘹亮的呼喊，他们的敌人的脸色因为惧怕而吓得煞白！攻城之人继续进攻，城墙的基底被破坏，厚重的支柱碎裂。“红色恶魔”的军队溃败，他们丢盔弃甲，只有极少数人坚持，但是他们很快就会撤退，走之前的兄弟走过的路。

这个时代的好人欢迎禁酒运动。这的确是一个神圣的运动。这个运动擦干了多少寡妇的眼泪，拯救了多少可怜的失足人，安慰他们，把他们引上正道。在我看来，那些带着嘲讽之意谈起禁酒协会所做的努力的人都有一种漫不经心、偏执狭隘，或者卑鄙的个性。诚然，禁酒协会的人并不遵循优雅品味的那一套规则，那些上流社会的纨绔子弟、过分讲究穿戴的人、上流人士，在禁酒的人群中显得并不适应。但是，对于拥有清醒头脑的人，对于那些对同胞拥有博爱之心的人，我乐意让他们来做出选择，看看禁酒运动中究竟是否有几分理性。

这些禁酒运动的改革家还有一个伟大的优势，足以弥补任何缺乏粉饰或优雅带来的不足。他们非常真诚地讲述自己悔过的亲身经历。不论任何时代，变革的行动最开始总是在贫穷的阶层中找到知音，然后逐渐形成燎原之势，扩展到各个阶层。这次革命也是如此。起初有少数几个人在巴尔的摩聚集，他们与自己签订了一个协议，戒除曾经对他们造成极大伤害的酗酒行为，他们根本不曾想到，他们的理念迅速传播，他们受到尊敬——不论是富户还是穷人，有学识的没学问的，都尊敬他们。

他们自称“华盛顿社员”，这个称号将会永远被尊崇——将永远用来指代那些以此称号为荣的人——他们都是正直高尚的灵魂，他们永远不会回到过去，不会玷污他们的这一称号，也绝对不会给他们所属的这一社团抹黑！

凡是参加过戒酒会议的人，无不为那些戒酒人士身上洋溢的激情感到惊讶，并为之欣喜。这一运动不限性别、不限年龄、不限阶层，如火如荼蔓延开来，男男女女纷纷加入。青年人，甚至包括男孩和女孩，都充满激情，在大街上演唱禁酒之歌，宣传禁酒条令。通过这样的方式，那些喝酒的父亲和兄长改过自新。我提到的这种禁酒的热情，并不局限于一城一州。在合众国的每一寸土地上，都能感受到这种热情。关于缅因州轰轰烈烈的禁酒运动的报道传来，而在同一时刻，我们还收到了许多人在伊利诺伊州悔过自新的报道。也许在其他任何场合都看不到如此充满道德光辉的场景。举国抛弃一种邪恶的狂热——这种狂热曾经让那些异国人士嗤之以鼻，他们注意到了这个污点，而忽略了我们国民其他的优秀品质——举国上下拿出相当大的气力，致力于预防人们沾染酒瘾，并且尽可能在可行的范围内拯救那些已经沾染上这一恶习的人们。我认为这一举动值得全世界推崇！

在本书前面的故事中，隐约提到环绕着大城市的年轻人的种种危险。在各个角落，各种阶段，诱惑环伺着他们，但是各种诱惑加起来，也比不上去到被称作“音乐沙龙”（或许叫别的名字，以掩盖那丑恶的本质。）的公共酒馆酗酒。这样的地方正在增多。从事烈酒销售生意的人看到，除非他们加点什么东西充数，否则他们的生意很快就会归于无有，他们的收益也会如此。因此，他们想出了“音乐”这一花招，作为吸引顾客的诱饵，很多次，这样的骗术都成功了，却带来了致命的恶果。

我想告诫那些正在阅读此书的年轻人，进到这些歌舞酒吧将会有多么糟糕的结果，这一告诫不是出于恐惧，而是出于痛苦的经验。那些歌舞酒吧是通往毁灭的大门，毫无疑问将通往毁灭。我认识不止一个前程远大的年轻人——他们充满希望，生机勃勃——但却都被这类害人的地方给毒害了，在那里，他们的身心都越来越缺乏男子气概。

最后，我想说，如若我的故事赢得了所有作者希望赢得的赞誉，读者朋友将会再次听到我的故事，以一种大家熟悉的方式。

怪人

编者按：《怪人》似乎是一部连载小说的第一集，刊登于"华盛顿禁酒协会"的宣传刊物《华盛顿禁酒协会报》（Washingtonian and Organ）上。该文发表于1843年1月23日，仅晚于《酒鬼人生》发表之后数周。文章没有署惠特曼的名字，署名行提示该文与《酒鬼人生》为同一作者。欲了解更多详情、此文的发现过程以及出现在《华盛顿禁酒协会报》上此前不为人知的惠特曼作品，敬请参考霍洛韦（Holloway）的论文《惠特曼写作的更多禁酒故事》。

第一章

富尔顿大街北面一家大饭店总是人来人往的。正是下午一点，各个阶层的市民——除了那些渴望在上流社会占据一席之地的人，以及上流社会的圈子附近的人——要么在此津津有味地进食，要么在此等候、准备进食。只穿着衬衣的侍者匆匆忙忙地奔来奔去，听从食客的召唤。在屋子后面的角落一个被隔开的地方，切肉工人和厨子正在拼命劳作。刀叉碗碟砰砰作响，各式各样的菜名一刻也不停地被报出来。

稍稍观察就会发现，在此进食的十有八九的客人，极为匆忙地咽下食物，他们那样子仿佛预示着某件重要的事情即将发生——这件事情结局是好是坏取决于咀嚼和吞咽的敏捷度。后面墙顶上挂着的那口大钟，招来了许多次匆匆一瞥的目光——仿佛食客在给自己定时，力图在钟表指针规定的运动范围内完成进食。

任何观察者都可以非常欣慰地注意到两点：每位顾客，一用完餐，就走到收银台结账，付款多少由他自己决定——在小小欺瞒和为所受的服务公平付费之间，他自己的诚信是唯一的标准。据称，来自顾客的欺骗行为很少发生，不值一提。对于那些对我们的民族诚信进行攻击的异国诋毁者，这是多么有力的反击！第二点，餐厅里不见任何烈性酒的踪迹——不存在给任何人的任何诱惑，那诱惑就是喝上几口有损健康的酒，让胃的健康功能作废。

生意最为热闹、人声最为喧嚷之际，门开了，理查德·阿尔丁走了进来。谁是理查德·阿尔丁？

凡是熟悉大城市生活的人和住在城里的人都不会不知道这样一个阶层，他们主要由年轻人构成，在上流社会和穷人之间占据中间位置。论学识、举止、品位，他们靠近前者的方式，论犹豫不决、糟糕的同伴、性格中的浪漫情愫、无力应对更加艰难困苦和更有意义的人生目的，他们偏爱后者的方式。贫穷，很多次，是邪恶的根源。贫穷导致穷人做错成百上千件事情，最终抹去他们身上那种精致的敏感，而这种敏感正是构成一名真正的绅士最显著的品质——这种品质本应是我们至高的追求目标。我不知道，一个人置身于令人讨厌的缺乏当中、置身于无教养的同伴当中，与置身于上流社会所带来的一切好处当中是否一样可以锻炼出来。亲爱的读者，请容许我在此处啰唆两句。

理查德·阿尔丁兜里只有十五美分，他想用这几个子儿吃一顿饭。他不确定在这之后能否再吃一餐。然而，他并不泄气。他把头高高扬起，脸上挂着一副不急不躁的神情。他俨然一位哲学家。

“豌豆烧猪肉，八号！”爱尔兰侍者约翰吆喝道。

除了和精致、浪漫挨不上边，这句话本身和世界上别的话没有什么两样。然而，它却包含着许多安慰。冒着热气的盘子被端到餐桌上——一边是脆脆的棕色豌豆，另一边有一块肥猪肉。年轻的阿尔丁心情大好，享用着美食。

多么喧嚷的场景！刀叉咔咔作响！

检测一个人良好教养的最佳方式就是看他在餐桌上的举止。若是一个人举叉急吼吼地冲向他面前的食物，用野兽那样的蛮力举刀切割食物，那么，他早年的教育一定很不幸。至少，他身上还残存着小丑的丑态。匆忙是一种粗鲁的品行，在餐桌上尤其如此——于健康和谨慎不利，于礼仪和享受不良。

我们的主人公——读者显然看到，这个刚刚出场的人物就是——我们的主人公在我们前面提到的事情上无可指摘。尽管这样一个地方的这样一群食客可能会吓到举止讲究的利顺德饭店[①]的客人，或者用餐时间在五六点的人，但是，阿尔丁的举止非常得体，这是良好品位的根基。因此我们认为，我们已经给我们的主要角色安上了可以被称之为绅士的品格——一种非常重要的品格。

在桌子的另一侧坐着一个人，他的长相相当讨人喜欢，阿尔丁之前见过他几次。此刻，他刚好和这个人闲聊起来。他们聊食物，聊那些聊天时常见的话题，聊了十来分钟。

我们结交朋友的方式多么奇怪啊！非常偶然的机会演变成对未来的命运有持久影响的大事。尽管在起初只是一件不起眼的小事，对未来却有或好或坏的影响。

阿尔丁和那位有着快乐面容、名叫巴尔库雷的人恰巧在同一时间用餐——一起在柜台付款——一起走上大街，然后朝同一个方向走过一两个街区。

为什么他们会相识，并成为朋友？

我不知道原因。起初，他们在对方身上没有看到多少让彼此倾慕或敬佩的东西——无论是思想还是行为举止。然而第二天，当他们碰巧再次相见，他们互相问候。再一天，他们互道姓名。第二周，他们已经非常熟稔。

① 位于纽约的一家著名饭店，建于19世纪初。——译注

第二章

巴尔库雷是个年轻人——就像我的主人公一样。在故事结束之前，读者会发现，主要人物就是这两位。巴尔库雷是法国人的后代——他的父亲在拿破仑王朝倒台后来到美国，这位父亲身上充满着狂热的激进主义思想和对宗教的蔑视——这样的想法贯穿了整个法国大革命，在那个美丽且高贵的国度，依旧还有不少的人有这种想法。儿子和父亲不仅血脉相连，还从父亲那里继承了这种看法。儿子的无信仰以及对传统和虔诚所建立的一切关系的否定，比起父亲来更为谨慎，但是他们依旧非常坚定。

也许，称呼巴尔库雷为异教徒并不合理。他知晓道义和美德，并且，在某种程度上，践行这些道义和美德。他的思想体系美丽且质朴——从理论上来说——建立在严厉、苛刻、正确行为的基础之上。他拒绝一切他称之为迷信的事情。他认为每个宗教体系都包含或多或少的卓越性，以及或多或少的狂热。这就是皮埃尔·巴尔库雷，一个奇怪和充满梦幻的人。

在我进一步讲述之前，我想提醒各位读者，我力图这样来描绘生活和人物，也就是让人物的言谈举止符合他们的真实身份和情境。至于他们说什么，我不负担任何责任。

这两个人——皮埃尔和年轻的阿尔丁，愈走愈近。

这两人的友谊不是那种因为混迹于浪荡场所而结下的粗鄙交情。这个大城市中的许多人因为作恶而厮混在一起，他们用这段话开头的“友谊”一词来指代这种小人之交。这真是严重亵渎了这个神圣的词语！

（未完待续）

孩子与浪子

编者按： 这个故事最初的版本曾以“孩子的守护者”为题，发表于 1841 年 11 月 20 日的《新世界》杂志上。1844 年 10 月，该故事经过较大修改后的版本出现在《哥伦比亚杂志》上，后于 1847 年 1 月刊载在《布鲁克林鹰报》上，当时惠特曼仍在该报任职。该文亦刊载于 1892 年出版的《惠特曼散文全集》中，这一次与其他禁酒文学作品在一起，这是该文最后一次出现在十九世纪的出版物中。

我们选择重印刊载于《哥伦比亚杂志》上的该篇文章，这个版本与《布鲁克林鹰报》上的几乎一模一样。这个题为“孩子与浪子”的版本强调禁酒信息，从而体现了惠特曼对禁酒运动持续的参与，以及他一贯的说教式文风。对于《哥伦比亚杂志》和《布鲁克林鹰报》上的几处微小的不同，我们选择刊载在前者上的版本，因为该版本与《酒鬼人生》出版时的文风更加贴近。

我曾经观察过，在饮用烈性酒的受害者中间，绝大部分人并非不知道他们正在走的这条路的危害，而是由于意志软弱、优柔寡断。对于克己自制的人而言，他们很难明白那些好酒贪杯之人的酒瘾有多强烈。除了酒徒自己明白，无人能够知晓。世人嘲笑酒徒，对他们嗤之以鼻，以至他们无法迷途知返。然而，倘若他们挣扎的痛苦能够被看见——他们那些为使自己摆脱酒之恶魔这个暴君的奴役所做的无效努力——那深深的羞愧、隐秘的泪水、禁欲的苦痛、耻辱——能够在那些严厉斥责他们的人面前显露出来，那么，这些人的愤怒之中必定会带上一丝怜惜。

有时会发生一些事，促使我前面提到的酒鬼改过自新，尽管这种情况不多，但确有发生。令人看来惊奇的是，改变的原因通常是一些微不足道的小事。有时仅仅是一句话，或者一个无关紧要的举动，一次偶然的事件，成了那类可怜人洗心革面、重新做人的起点。也许，一句话、一件事，激起了思想的涟漪，唤起了消逝已久的美好回忆，让酒徒回想起了纯真无邪的过去。酒徒由此觉醒，倘若这一关键时刻变好了，那他就变好了，若是又走上老路，那就只能祈愿上帝怜悯那可怜人！

我要讲的故事平淡无奇，然而我希望读者有兴趣阅读。我不讲虚构的故事。

一个夏日的傍晚，太阳刚刚落山——这个时刻最为宜人，空气温暖，白昼将尽，周围的一切是那样静谧安详——在一栋房子门前的台阶上，坐着一个老妇人，她正在等候儿子归来。这房子位于离纽约城约五十英里的一个偏僻村庄。坐在台阶上的那个人是个寡妇，她头上的白色小帽盖住了丝丝灰白的头发，她的着装尽管干净，却相当简朴。她居住的小房子是她自己的，非常小，而且老旧。房子四周林木环绕，几乎要遮盖掉房屋本来的颜色——那种从未粉刷过的旧木头房子的墨灰色。要到达房子处，你必须穿过一扇小小的、摇摇欲坠的大门，走过一段短短的路，路两旁是种着胡萝卜、甜菜和其他蔬菜的菜地。她翘首以盼的儿子是她的独子。大约一年前，他开始在当地一个富有的农场主那里当学徒，完成白天的工作后，他习惯回到母亲身边待上半个小时。此时此刻，夜幕降临，但少年还未现身。终于，他出现了，拖着缓慢的步伐，一副没精打采的模样，仿佛异常疲倦。他打开门，穿过小路，坐到母亲身旁，沉默无言。

“你今晚闷闷不乐啊，查理斯。”寡妇说道，片刻的沉默过后，她发现儿子并未回应她的问候。

她一边说着，一边怜爱地把手放到儿子头上，头上湿漉漉的，仿佛在水里浸过。他的衬衫也湿透了。当寡妇的双手抚摸着儿子的肩膀时，她的心感到一阵刺痛，因为她知道，这湿乎乎的一层是辛苦劳作而沁出的汗水，是一个狠心的主人从她年幼的孩子身上榨出来的（他不过是一个十三岁的孩子）。

“你今天辛苦了，儿子。”

“我今天一直在锄草。”

寡妇的心感到又一阵刺痛。

“不是一整天吧，查理斯？”她轻声说，声音有一丝颤抖。

“是的，一整天，妈妈，”男孩回答，“埃利斯先生说他不能再雇人手了，因为工资很高。从太阳升起的一个小时前到刚才，我一直在用大镰刀锄草。你来摸摸我的手。”

他的两只手上都有大大的凸出的水泡。泪水在寡妇眼中打转。她不知如何回答，尽管她心里明白，她无法给予儿子更好的条件。她想不出法子来鼓励她的儿子来实施他的想法——这想法——这摆脱奴役获得自由的想法——已不是第一次提起。

“妈妈，”男孩终于开口说，“我再也受不了了。我不想再待在埃利斯那里了。从我到他那里的第一天，我就一直在当奴隶。如果我还要这样长时间工作下去的话，我知道我总有一天会逃跑的，去当一名水手或去别的地方。就算去死也不在他那里。”孩子号啕大哭起来。

母亲沉默了，因为她也万分伤心。几分钟过后，她镇定下来，用温柔的话语抚慰儿子，努力让他走出苦闷，心情好转。她告诉他，时间会过得很快，再过几年，他就会成为自己的主人，她还说，所有人都有苦恼，她还说了其他许多劝慰的话语，尽管这些话无法抚平她自己的忧伤，但她希望能够安慰到心烦意乱的孩子。当那自由的半小时过去后，妇人牵着孩子的手，领他到门口，送他踏上归途。少年人似乎平静下来，尽管偶尔从喉咙里发出一两声大哭后抑制不住的抽泣。在门口，孩子用手搂住母亲的脖子，两人互相在对方的唇上印上一个长吻，然后，少年人开始朝主人家走去。

当孩子走出视线，寡妇进屋，她关上门，进到那间孤寂的屋子。那天晚上，那间老旧的农舍没有点灯——屋子主人的心忧伤黑暗。爱、痛苦、难过等各种情感伴着泪水交织在一起。一想到自己的独生爱子要承受那样的劳作——那种甚至会把大人压垮的劳作——日复一日不停干活，处在一个毫无良心的拜金者的残酷压榨之下。想到日子不得不这样过，想到她自己不得不依赖邻居吝啬施舍的贫寒生活，当然，也想到了曾经有过的快乐时光，这些都压垮了寡妇的心，让她一夜无眠。

前面已经讲过，那个孩子朝主人家走去。在他的必经之路上有一家酒吧，那是村子里唯一的一家。当他经过这里时，他听到了一阵小提琴的声音，然而这声音时断时续，被谈笑声淹没了。窗户在楼上，房子就在路旁，查理斯想，看一眼里面发生了什么应该没有什么要紧。他走了五六步台阶，来到窗台边，看清了屋内的一切。在一个角落有个老人，村里人叫他黑戴夫——刚才，正是他的音乐引起了查理斯的注意，吸引他到酒馆，也正是他，此刻正在尽情地拉着一首曲子，这首曲子在那个厚嘴唇的民族中间非常流行，那个民族对音乐的热爱人人皆知。屋子中间有五六名水手，一些喝得酩酊大醉，还有一些处于微醉状态，四周的长椅上有更多的水手，各处都有人穿着新水手的服装。屋子中间的人正在跳舞，也就是说，他们做着各种扭曲的姿势，拖着脚步舞蹈，偶尔还会在沙地上重重地跺脚。简而言之，所有人都沉浸在醉酒的嬉闹中，也许，除没有纷争以外，这种嬉闹和其他一千种醉酒后的嬉闹没有什么不同。屋里每个人都心情大好。

但是，有个与众不同的人吸引了男孩的注意，那人坐在男孩对面的长椅上。尽管他在享受这场狂欢，好似一个行家里手，但他整个人看上去与周围的环境格格不入。他的模样很年轻，二十一二岁，面容透着一股聪明劲，流露出在城里生活过的气息。他的穿着不俗艳花哨，但是非常时尚。外衣用的是最好的绒面呢，衬里精致、干净如雪。他的整个容貌和气质就像晴朗的午后在百老汇大街上时常可以见到的众多行人中的一位。他和其他人谈笑风生，必须承认，他讲的笑话——和绝大多数其他笑话一样——并不精致，也不纯粹。门边有一张小桌，上面摆满了玻璃酒瓶和酒杯，一些已经被用过，但又再度被混用，桌上还有一个装满了细长雪茄的烟盒。

有个水手弄出了最大的动静，他是个独眼，下巴和两颊都覆盖着浓密的络腮胡子，整个人看起来狰狞可怖。“过来，伙计们，”这个绅士喊道，“过来，喝一杯。我知道你们都口干了。”他非要他们喝不可，甚至赌咒说：“如果你们不赏脸喝上一口，那就是在咒我。”

众人响应这份邀请，纷纷来到桌前，举起前面提到的那些玻璃酒瓶和酒杯。人群聚集在一起，每个人都随自己的喜好喝了一大杯酒。在这样的时刻，沉稳细致绝不会出现在这些人的手脚上，许多液体洒在地板上。这样的恣意浪费激起了那个发出“邀请”的人的愤怒，当他发现有两三个闲人无视他的邀请时，更加怒不可遏。此时，我们前面提到过的查理斯正在透过窗户往里看。

“过来，伙计们！过来！不要让我们这里有偷偷躲起来的人。如果他不过来喝上一杯，就让我的眼睛瞎掉！”当他发现查理斯时，他高喊起来：“喂，你这个在窗户边的小子，过来喝一杯。”

他边说边走到打开的窗户边，用他那双粗壮的大手抓住男孩的胳膊，把男孩拽进屋子。

“这里，伙计们，”他朝同伴高喊，“来了一个新人啦。长得还不糙。”他打量了男孩一眼，补充了一句。这个男孩虽说算不得帅气，但长得清清爽爽，像个男子汉，块头比同龄人要大。

“过来，年轻人，喝一杯。”水手继续说，他倒了几乎一满杯白兰地。

此时的查理斯谈不上特别害怕，因为他个性活泼，经常参加乡村的各种节日和聚会，但是，突然置身于一群陌生人中间，他还是相当害羞。于是，他把酒杯放到一边，微笑着抬头看着这个刚认识的人的脸。

“我现在不想喝任何东西。”他说，“但是如果我能够的话，我很愿意领你这个情。”

“呸！哥们，喝下去。”那个水手发话了，“喝下去——它不会害你的。”

为了展示喝酒的好处，独眼水手自己一饮而尽。然后他又斟满一杯酒，让少年人仿效他刚才的做法。

“我不想喝。另外，*我的妈妈经常祈祷我不要喝酒*，我承诺过答应她。”

水手被男孩一再的拒绝激怒了，高声咒骂起来，威胁说查理斯必须喝下这杯白兰地，不管愿不愿意。他用一只粗壮的大掌抓住男孩的后脑勺，另一只手把酒杯推到男孩的唇边，同时发誓说，如果男孩胆敢让杯中的东西洒出来，就会让他的后背和肩膀吃不消。本就厌恶喝酒，加之被水手盛气凌人的态度激怒了，这个勇敢无畏的孩子举起他的手，朝水手的手臂猛挥一拳，酒杯哐啷一声掉在地上，摔成碎片，白兰地溅在了查理斯的脸上、水手的衣服上、地上。此时，所有人的目光早已被吸引过来。看到查理斯对酒深恶痛绝的样子，一些人哈哈大笑，看到他让水手狼狈不堪，他们笑得更开心了。然而，所有人都满足于让事态顺其自然发展下去，所有人，除了前面提到的那个穿黑衣的年轻人。

刚才查理斯说了什么，让这个年轻人的思绪回到了从前——从前那个纯真年代？“*我的妈妈经常祈祷我不要喝酒！*”光阴的迷雾散去，年轻人眼前恍惚出现了母亲的音容笑貌，耳边回响起母亲的祈祷——与刚才那孩子说的一模一样！为什么年轻人的心中对这个遭到粗暴对待的孩子涌起了怜悯？难道是因为年轻人经常和一群狐朋狗友鬼混，如今见到这个孩子而带来的反差太大了吗？即使在各色各样的人群中，我们也可能遇见一些人，他们似乎触动了我们爱的源泉，从中汲取爱！爱与被爱的渴望，虽然时常被各种习俗和对名利的迫切渴望所压抑，但有时这种渴望会排除一切艰难险阻而在心中奔涌，渴望的火花由一个陌生人点亮，然后经久不灭，熊熊燃烧！

查理斯站起来，他的脸颊通红，他的心怦怦直跳，他用手帕擦干脸上流淌下来的水滴。起初，那名水手，带着醉意，满脸惊讶，仿佛一个在熟睡中突然被叫醒的人，迷迷糊糊。然而，当他终于明白到底发生了什么，当他听到了同伴的讥讽嘲笑，他那双呆滞的眼睛充满了愤怒，视线落在对抗他的男孩身上。他那铁拳一把抓过查理斯，用他那厚重的靴子对着查理斯猛踢。就在他准备重复这个举动之时——因为孩子已被他像拎小鸡一样拎起来了——突然之间，他的耳朵嗡嗡直响，好似手枪在他近处开枪，他眼冒金星（要知道他只有一只眼睛），一股强大的冲击力让他一个趔趄，被撞飞到墙根。水手的脸上猛地挨了一拳，这一拳出手如此专业，那只挥拳的大手显然对拳击这门艺术不陌生。这一拳来自那个穿黑色外衣的年轻人。他刚才已颇感兴趣地观看了水手和男孩之间的冲突，好几次想要干预，当水手对男孩拳打脚踢时，他忍无可忍，从座位上一跃而起，无意识地使出了拳击手的本领。他狂揍那名水手，引起一阵轰动。要不是此时完全被吓坏了的查理斯死命拉住他的腿，阻止他继续殴打的话，他很有可能会把那个水手打个半死。

这幕场景好生奇怪，此时全场一片安静。一屋人纷纷从座位上起身，屏住呼吸，神情紧张。屋子中央站着那个年轻人，神情自若——双目炯炯有神。他像岩石一般屹立，紧抱着他的是那个男孩，因着他的保护，满脸自信。

“好大的胆子！混账！”这个年轻人大叫，声音浑厚，充满激情，“你敢再动这个孩子，我就把你揍个半死。”

那个水手此时已经清醒了一点，做出挑衅的手势。

“过来，你这个醉鬼！”气愤的年轻人继续大喊，“有种你试试！你还根本没有被教训够！”

那个独眼水手的脑子逐渐清醒一些，他连连说自己“本无意伤害这个孩子”，还说自己很惊讶绅士居然为“一件开玩笑的小事”而动怒，如此种种——他提议其他人继续玩乐，就当什么事也没有发生。说真的，这个独眼的家伙本质上并不是坏人，那天夜里，他常伴其左右的凶恶的敌人①偷走了他的善心，让他昏昏然听从魔鬼的安排，要不是陌生人干预的话，他还不知道要干出什么荒唐事。

几分钟过后，那欢愉的一群人继续之前的玩乐。年轻人在一张长椅上坐下，男孩坐到他身边。当其他人在高声谈笑之际，他俩也在交谈。这个陌生人从查理斯口中得知了他那简单的一生的所有细节——他的父亲如何去世——他的母亲如何辛苦工作，勉强维持温饱——他自己如何为一名心肠冷酷、贪得无厌的主人工作数月，凄惨度日。年轻人听得越来越入神，他让孩子靠近自己——一个小时就这样过去了。

此时已过深夜。年轻人告诉查理斯，自己明天会想办法解救他脱离奴役的命运，他还说，酒馆老板当晚很有可能会给查理斯在酒馆内找一个歇脚处。老板果真二话没说就答应了。

年轻人回去睡觉，他想了许多事情——他想起自己今天见义勇为的举动——也想到应该走一条与之前不一样的正道。

那天夜晚，屋檐下躺着两个人——其中一个纯真无邪，从未干过任何坏事——另外一个——哦，另外一个也不愿再浪荡下去。

那么，这个陌生人究竟是谁呢？对于那些对这个陌生人感兴趣的人而言，这个问题的答案讲述起来并不那么美好。他名叫兰顿，是个无父无母、放浪形骸的年轻人，一名格斗士，经常和地痞无赖、工贼、江湖骗子一起鬼混。纽约城的警察对他一点也不陌生，那些报道

① 此处指酗酒一事。——译注